心霊目撃談
現

三雲 央

JN148247

竹書房
怪談
文庫

目次

4 虎視
8 公民館裏
12 落書き
21 契機
25 群生
30 あやふや
38 気配
42 顔が見られない
46 きり
51 薄味
54 臭い
59 ランドセル
65 象徴
71 偽物
76 笑顔のままで
81 顔そぎ
84 暑いのは苦手
90 庇の上の影

93 或る物音
96 化け物が二匹
104 どん！　どん！
108 一緒に暮らしていた
113 スミラブ剤
118 もつれ
125 のろい
136 まだおる
141 赤い獣
144 白いレインコート
147 子猫差しあげます
159 厚着の浮浪者
167 呵責
172 開拓地
179 山中車中
190 成長
195 事故現場、及び、その周辺
216 閾値

※本書に登場する人物名は、様々な事情を考慮してすべて仮名にしてあります。また、作中に登場する体験者の記憶と体験当時の世相を鑑み、極力当時の様相を再現するよう心がけています。現代においては若干耳慣れない言葉・表記が登場する場合がありますが、これらは差別・侮蔑を意図する考えに基づくものではありません。

虎視

筒井さんの自宅は某県某地区にある。

正直、自宅周辺の治安は良好とは言えない。

近年では世間を大きく騒がせた殺傷事件が起きており、空き巣被害や車上狙い、暴力沙汰等に至っては週一ペースで頻発している。

雑な造りの古い家屋と綺麗に整った近代的な住宅が混在する街並みは無秩序で、大通りを外れると入り組んだ細かな路地が複雑に絡み合っている。そのあちらこちらに〈ひったくり注意！〉や〈痴漢注意!!〉の立て看板が、気が塞ぐくらいに設置されている。

女性である筒井さんにとっては、そんな路地の往来は、緊張を強いられることが多い。

なるべく人通りの多い道を使うよう心掛けてはいるが、夜遅くの帰り道などでは路地は人が疎《まば》らという場合も多々起こる。

目の前に怪しげな人影があれば警戒を強め、必要であれば道を迂回したりすることなど日常茶飯事であるという。

そんな自宅近くの路地で、筒井さんは一度、突然気を失ったことがある。

仕事帰りに友人と食事をした後。時間的には午前零時を少し回った辺り。

ワインを一杯飲んではいたが、足取りもしっかりとしており、歩きながら家に帰り着いたらすべきことを順序立てていたことから、酒に酔っていた訳ではなかった。

だが、気付けば生ごみ塗《まみ》れの路上に寝そべっていた。

持ち物は全て無事だったが、身に着けていたセットアップのベージュのジャケットとスカートは、どちらも裂かれるように破け、タックインしていたブラウスの裾がはみ出し、袖の付け根に綻びが生じて、千切れたブラジャーの肩紐が露出していた。

自分の身に何が起きたのか、全く推測すらもできなかった。

コチコチと異常なく時を刻み続けている腕時計を見ると、針は零時二十分を指していた。およそ五分程、意識を失っていたことになる。

起き上がろうとして右足に体重を掛けようとすると、身体のバランスが崩れて尻餅を突いた。

見れば右足のパンプスの踵《かかと》が折れていた。

もう一度。今度はバランスに気を付けながら立ち上がった。

全身がひりひりとして痛い。倒れた拍子にどこか擦りむきでもしたのかもしれない。

こんな見窄《みすぼ》らしい姿でいつまでもこの場にいることが耐えられなかった。

筒井さんは痛む身体を鼓舞しながら、誰の目にも留まらないよう、できるだけ早足で自宅へと戻った。


その酷い姿に驚き慌てる両親を宥めつつ、筒井さんは風呂場へと向かう。

脱衣所でぼろぼろになった衣服を脱ぎ、自身の裸の姿を洗面台の鏡で見る。

肩口、二の腕の内側、乳房の上部。

上半身の数か所に歯形が付いており、出血していた。

ぼろぼろになっているとはいえ、ちゃんと衣服を身に着けていたのに、どうしてこんなにもくっきりとした歯形が付いているのか？

穴だらけになっていたストッキングを脱ぎ捨て下半身も確認してみると、左膝の上部にも歯形があった。

〈一体、この歯形は何なのだ？〉

自分の身に起きたことが如何に不可解かつおぞましい出来事であったのか、時間を置いてみて改めて自覚し直した筒井さんは、暫くの間、脱衣所に一人座り込み震え続けた。

以後、筒井さんは、自分が気を失ったその路地はなるべく通らないように心掛けた。

ただ、だからと言って、それで安息の日々が訪れた訳ではなかった。

気絶して身体を噛まれるというようなことは流石にもうない。

だが例えば、買い物から帰宅して買った商品を確かめてみると、ビールの缶やヨーグルトの容器等に、筒井さんの身体にあったような歯形が付けられていて中身が漏れ出ている、といったようなことが頻繁に起きているのだ。

「どう考えても人間の仕業ではないですよね、こういうのって。ですので、もしこのような件にお詳しい方とお知り合いであるのならば、是非私に紹介して頂きたいのです」

筒井さんは事ある毎にこの体験談を語り、事態の原因究明及び打開策を提供してくれる人物を今もずっと探し続けているのだという。

公民館裏

たか子さんは十歳くらいの頃、お絵かき教室に通っていた。

家の近くの公民館で小学生向けに週に二度のペースで開かれていたもので、それに欠かさずに参加していたのだという。

天気の良い日は、大抵は屋外でのスケッチの時間となった。

たか子さんは仲の良い友人と二人で公民館の裏庭に回り、そこで絵を描くことが多かった。

裏庭は比較的広く、人けがなく静か。よって集中して絵を描くことに没頭できた。

加えて綺麗な草花で満たされた花壇があったり、数本のクヌギの大木が植えてあったりと、描くものに事欠くことがなくお気に入りの場所であった。

ある日、裏庭の全景を描こうと決めて、二人並んでスケッチをしたことがあった。

四、五十分ばかりが経った後、あらかたできあがったお互いの絵を見せ合いっこした。

殆ど同じ位置から描いた二人の絵は、とても似通ったものであった。

だが、友人の絵には一点、たか子さんの絵に存在しないものが描き込まれてあった。

白いブラウスにベージュ色のスカート、それに顔の三分の一を覆い隠すくらいの大きなサングラスを掛け、二本のクヌギの木の合間に佇《たたず》む髪の長い女性の姿だった。

周囲に描かれている木の高さから見て、身長は百八十センチくらいありそうな細身の女性である。

「あれっ？　何これ？　こんな女の人いないでしょ？」

「えっ？　ずっとあそこに立っているよ。今もほら」

そう言って友人は二十数メートル先のクヌギの木の合間の木陰を指差す。

でもたか子さんには、やはり何も見えない。クヌギの木の合間には、その先の暗がりにある金網が薄ぼんやりと見えるだけだった。

「女の人なんていないよ！」

「いるって！」

「いない！」

「いるっ！」、「いないっ！」

このような言い争いに業を煮やし、友人は女の人が立っているというクヌギに向かって駆け出していった。

「ほらぁ！　かこちゃん！　ここだよ！　この人……」

クヌギの木の合間に立つ友人の動きと言葉が唐突に止まった。

そしてたか子さんの見つめる先で、その友人の身体が頭一つ分くらい上方へと持ち上がった。

遠目には友人の身体がいきなり宙に浮き上がったとしか見えなかった。

何だかとても奇妙な気持ちになりながら、たか子さんは「どうしたのー？」と、友人に向かって呼びかけた。

だが返事はなく、頭や手足もだらりと垂れ下がったままで微動だにしない。

だんだんと心配になり、たか子さんは友人の傍へと歩み寄ろうとした。

するとそのタイミングとぴったり重なるようにして、友人の身体は支えでも失ったかのようにバランスを崩し、そのままパタリと倒れてしまった。

慌てて駆け寄ってみると、友人は地べたの上で目を真っ赤に充血させながら、ゲホゲホと咳き込んでいる。

一体どうしたの？　と訊ねてみると、友人は今さっきまで首を絞められていたのだと訴えた。

クヌギの木の合間にいる女性の元へと駆け寄ったと同時に、その女性がいきなり両手でぐいっと喉元を掴んできて、そのまま一気に絞め上げてきたのだと。

あまりの力に、声を上げることも手足をばたつかせて抵抗することも儘《まま》ならず、意識が遠のきかかった、とても怖かった——そう何度も喚きながら、友人は暫く大声で泣きじゃくった。

そんな友人を気遣いながら、たか子さんはぐるりとクヌギの木の周辺を見回してみた。

だが、どこにもそのような女性の姿など見当たらなかった。

この出来事は結構な騒ぎとなり、後に大きなサングラスを掛けた女性の似顔絵が描かれた〈不審者注意!!〉のポスターが、町中に貼り出されるまでに至った。

だが、実際のところ、たか子さん自身は誰の姿も目撃してはいない。

友人の涙ながらの証言を否定してしまうことに心咎《とが》めた結果、ついつい話を合わせてしまい、揃ってサングラスを掛けた女性を目撃したという扱いになってしまったのである。

たか子さんはこのポスターを見かける度に、真実を伝えられなかったことに対する歯痒さと、その結果、何だか物事が見当外れな方向に向いてしまっているこの現状に対する収まりの悪さとで、色々と心穏やかな気持ちではいられなかったのだという。

落書き

山出さんが住む家は、静岡県の山中にある。

緑が多い場所柄、近くには幾つかの別荘地があり、それらの敷地内にはたくさんのログ調のリゾートハウスが点在している。

山出さんの趣味は夜間のランニングで、毎晩、最低でも一時間は懐中電灯を片手に夜道を走っているという。

途中、それら別荘地の中を突っ切ることも多い。

別荘地内のリゾートハウスは、三十年近く前のバブル絶頂期以前に建てられたものが過半数。そしてその殆どがリフォームもされず、草臥《くたび》れ、そして傷んでいる。

いずれの別荘地もそんな状態にあるものだから雰囲気はどこも陰気で、今現在は揃って栄華を過ぎた廃村のようになってしまっている。

中でも、山の頂付近に位置する別荘地は見るも無残なもので、倒壊寸前のリゾートハウスが幾つも散見される状態だった。

だがそれでも、未だ滞在に訪れる者はいるようだ。最近、夜半に近くを通り掛かると、ある一軒のリゾートハウスの窓に明かりが灯っているのである。

ただその明かりの漏れ出ているリゾートハウスには、一見してまともではないと判断を下せるくらいの、目を惹かれる特徴があった。

携行している懐中電灯で、このリゾートハウスを照らしてみればすぐ分かる。その外壁には、数多くの落書きが描かれていたのである。

落書きの一つ一つは、取り立てて複雑なものではない。絵というよりも印や記号と呼ぶのが相応しい。

そしてそれらは、全てが同じモチーフであるのか、どれもが似たり寄ったりの形状をしている。円に何本かの線が重なりあって一つの形を成すもので、どことなく女性器を象《かたど》ったマークを彷彿とさせた。

そんな落書きが施されているとなれば、このリゾートハウスと、中にいるであろうその住人に対し、少なからずの警戒心を抱くことは当然だった。

よって山出さんも、その横をかすめるように通り過ぎるだけで、それ以上近づいてみようなどという気持ちは微塵も起きなかった。

だが、ある晩のことだった。

いつものようにランニング中であった山出さんが、このリゾートハウスの横を通り過ぎようとした際、まるで待ち構えでもしていたかのように、その正面ドアが勢いよく開いた。

驚いた山出さんは、そちらに懐中電灯の明かりを向けた。

すると、その開いたドアから一人の男が飛び出し、たったっと勢いよくこちらに駆け寄ってくるのが見えた。

長身のその男は、このリゾートハウスの住人だった。

シノハラと名乗り、自分は三十代半ばの、東京でネットサービス関連の会社に勤める人間であるのだと、身分を明かした。

聞けば最近、勤め先の会社が出社せずとも電話やネットを通じて業務を行うことが可能な、テレワークと呼ばれる制度を導入したらしい。

そこで、ここ三週間ばかり気分転換も兼ねて、父親のものであるこのリゾートハウスに住み込みながら、仕事をしているそうだ。

ただ、ここのところ毎夜のようにその外壁に落書きされており、いい加減、我慢の限界に達し、今夜、その犯人をとっ捕まえてやろうと、ずっと玄関の内側で張っていたのだという。

つまり、山出さんは、そのシノハラという男に、落書き犯に間違えられてしまったようなのだ。

「それで、あなたはこんな寂れた別荘地の中で一体、何をしているのか？　それもこんな夜中に」

シノハラという男はそんなことを口にしながら、山出さんの顔をじっと覗き込む。

何とかその誤解を解こうと、山出さんは必死に事情を説明する。

だが話し込むうち、今度は山出さんのほうが、そのシノハラという男に対して不信感を抱き始めた。

シノハラという男はどういう意図があるのか初めのうちは分からなかったのだが、手にした黒いカバーの手帖に、話をしている最中、ずっと何事かを書き綴っていた。

そして度々、わざと山出さんの目に入るように、その紙面をちらちらと提示し始めたのだという。

そこには、リゾートハウスの外壁に記されている落書きとよく似た形状の絵とともに、こんな文章が書き殴ってあった。

〈全て、疲れた人、その重荷を下ろし、来なさい、眠りなさい、私の元で〉

この文章自体、どこか気持ちを落ち着かなくさせる部分がある。

だが何より今、このシノハラなる人物と交わしている話の内容と、その手帖にリアルタイムで書き込んだ文章の内容とが、全くと言って良い程に噛み合っていないことこそが心をざわつかせる。まるで二つの別々の人格と同時に対峙しているかのような心地の悪さを、山出さんは感じたのである。

——果たして、このシノハラなる人物の精神は正常なものなのであろうか？　それに、手帖に、外壁の落書きとそっくりの絵が幾つも記されてあるということは、これは自作自演の可能性もあるのではないか？

山出さんの胸の内に、こんな猜疑《さいぎ》心が湧き始める。

青い月明りに照らされたシノハラの面長の顔が、次第に胡散臭いものに思え始めてくる。

そんな山出さんの気持ちを知ってか知らずか、シノハラは手帖のページを捲り、新たに何事かを書き加え始めた。

〈治療を受けなさい、主は待っています、罪に苦しむあなたのことを、或いは、許しを欲するあなたのことを〉

――この男は、やはりおかしい。このまま、ここにいては絶対にヤバい。

ここに至って、目の前の男に対する評価が、山出さんの中ではっきりと定まった。

ここからの山出さんの行動は素早かった。

一歩、二歩と後ずさりを行い、そのまま踵《きびす》を返す。そして全速力で来た道を駆け戻り始めた。

後方で一度、シノハラの発する奇声のようなものが耳に入ったが、構ってなどいられなかった。


山出さんは、一度も足を止めることも、振り返ることもなく、自宅へと逃げ帰った。

家の中へと駆け込み、玄関のドアの鍵をきっちり施錠する。

三十分近くほぼ走り通しだった為、呼吸が苦しい。

それでも後をつけられていないか心配で、暫くの間は、ドアスコープの前から離れることができなかった。

ようやく気持ちが落ち着いたのは、ドアスコープを覗き込みながら、更に二十分近くもの間、じっと息を潜め続けた後のことであった。

シノハラが追ってきた様子がないことを確信した山出さんの口から、ふーっと安堵の息が漏れた。

逃げ帰る途中何度か躓《つまず》きそうになり、舗装のされていない山道では露出した木の根に足を取られ、一度転倒していた。

ここまで自覚はなかったが、安心した途端に、ずきずきと左足の踝《くるぶし》の辺りに鈍い痛みを感じ始めていた。

早いところ手当てを施したほうが良いだろう。

そんなことを思って、山出さんはようやくドアスコープから目を離し、雑に靴を脱ぎ捨てた。

そして、上がり框《かまち》に片足を掛けた。

ふと玄関脇に置いてある姿見へと目がいった。

その瞬間、山出さんの背筋にゾッと冷たいものが迸《ほとばし》った。

姿見に映し出された、自身の泥と汗に塗れた顔に、何やら模様のようなものが描かれていた。

顎先から始まり、頬骨の辺り、そして額を経由して結ばれる、些《いささ》か歪な白い円。

そんな円を貫くように描かれた、鼻筋に沿って伸びる長い朱色の線が一本。

更には白い円に沿って、放射状に配された複数の短い黒線。

サイズや色使いこそ違えど、あのリゾートハウスの外壁や、シノハラの手帖に記されていた落書きとよく似ている。

ただ、短い直線部分が何本か不足しているので、何か書きかけのような状態に見えた。

――いつの間にこんなものが描かれたのか？

山出さんには、全く身に覚えがなかった。


一体、この落書きの意味は何なのだろう？

そして、あのシノハラという男は一体、何者だったのだろうか？

もし、この顔に描かれた絵が完成していたとするなら、この身に何事か起こっていたのだろうか？


気に掛かる点が多過ぎた。

よって確かめなければならない。

また、あのシノハラなる男と会い、そして問い質さなければいけない。

ただ――。

今、すぐには無理だった。

今はまだ、あの別荘地に足を向ける勇気がどうしても湧かないのだと、山出さんは言う。

契機

土生《はぶ》さんは超自然的現象の類は一切認めようとしない無神論者である。

それが今では、テレビでオカルト系の番組が放送されるとなれば必ずリアルタイムで視聴し、世に出ているその類の本や雑誌もでき得る限り入手しているという。

こうなったきっかけは、土生さん宅の近所で発生した火事だった。

それは年が明けて間もない、とある夜のこと。

時刻は十一時を回り、土生さんは寝支度の為に自宅の戸締まりを始めていた。

門扉の確認をしに褞袍《どてら》を羽織って玄関先に出てみると、土生さん宅の左手に存在する普段なら闇に沈んでいる雑木林が、僅かに明るんでいることに気付いた。

その理由が気に掛かり、路上に出て雑木林のほうへと足を向けた。

歩を進めるにつれ、ちりちりという音とともに辺りに風に乗った細かな白いものが舞い散り始めた。

この時点で土生さんは〈これは火事だな〉と、察したそうである。

物が焼け焦げる匂いが漂い始める中、雑木林に沿う勾配を駆け上がりながら、出火している場所を探した。

この周辺一帯は緑が多い。この雑木林全体に火が移りでもしたら、事態は大事に至ってしまう。

先に一一九番を入れとくべきだったかと悩みながらも、土生さんの足は勾配を更に駆け上っていく。

ぱっと雑木林が途切れ、その先の一軒の民家が目に飛び込んできた。

燃えていたのはその民家だった。

木造二階建ての、山田さんという方が暮らしている家である。

辛うじて屋根の平瓦が覗いて見える以外、既に民家のほぼ全体が炎に包まれていた。

——これは手に負えない。

一目見てそう感じた土生さんは、一一九番をしに戻ろうと踵を返しかけた。

そのタイミングで、燃えている民家の玄関の引き戸が〈がたりっ〉と音を立てて開き、そこから人が一人、炎に包まれた状態で飛び出してきた。

靴を履く暇など当然なかったのだろう。素足のままだった。

体格的に五、六歳くらいの幼児だろうか？

よたよたとした足取りで、七歩、八歩、とこちらに向かいかけたところで力尽き、膝を突いて前のめりに地面に倒れ込んだ。

これは大変だと、土生さんは羽織っていた褞袍を脱ぎながら、その幼児の元へと駆け寄った。そして未だ勢いよく燃える炎を消す為に、褞袍で幼児の半身を覆った。

褞袍を通して、幼児の身体の感触が土生さんの手に伝わってくる。

だがその感触は、ほんの一瞬で消え去った。

妙に感じて褞袍を開き中を見ると、子供の姿はどこにも存在していない。

代わりに褞袍で包み込んでいたのは、真っ黒に焼け焦げた長さ六十センチ足らずの細い木材であった。


火事はその後、すぐに駆け付けた消防により三、四十分程度で消し止められた。

火事の原因は、煙草の不始末、若しくは寝具がストーブに接触したことによる引火とされている。

被害はこの民家だけに留まったのだが、家主の山田さんとその奥さんが家の中で亡くなっていた。死因は一酸化炭素中毒経由の、焼死とのこと。

そう——山田さん宅は夫婦のみの二人暮らしだった。あの場では冷静さを欠いてすぐには思い至らなかったが、この民家から幼児が出てくるなど通常ではあり得ないことだった。

この出来事は、土生さんの信条を揺るがす大きな契機となった。

土生さんは、自身が体験したこの不可思議な出来事を、消防員を始め近所の誰にも伝えはしなかった——というより伝えられなかった。

確かに民家から幼児が出てくるところを目撃し、そして救い出そうと試みた。これは紛れもない事実である。

ただ、事実ではあるのだが——ここまでの人生、オカルト的なことを全否定して生きてきた土生さんにしてみれば、幾ら自身で体験したことであるとはいえ、心情的に今回の出来事全てをそう易々と受け入れることなどできなかったのである。

だから土生さんは、世にあるあらゆるオカルトをチェックするようになった。

似たような事象や事件があれば、でき得る限りの詳細を漁り、自身の体験と照らし合わせ、夜な夜な導き出した推論をノートに書き留めている。

全てはこの出来事に、合理的解釈を見つけたいが為に、である。

群生

黒井さんの実家は、東京・台東区、所謂〈下町〉と称されるに相応しい区画に存在していた。

今ではその区画は綺麗に整地され、近代的なマンションが建ち並ぶ地域へと生まれ変わっているのだが、当時は長屋等を含む狭い一戸建てが密集した、とてもごちゃついた一帯であったという。

よって黒井さんの実家も、窓を開けばすぐに隣家の家の外壁——というような環境にあった。

ただ、それでも周囲の家々と実家の間には、幅二十センチ程の狭い隙間が存在した。

そんな隙間の湿り気を帯びた黒い地面は苔《こけ》に覆われ、更に裏手へ回ってみると、そこには一時、名も知れぬキノコが群生していた。

茶色と白の二種類のキノコがあり、茶色いほうはサルノコシカケのような柄の部分のない傘だけのもの。白いほうはか細い柄の先に丸みを帯びた小ぶりの傘が付いたキノコであった。

それらキノコは、実家の裏手に建つ家の土台の辺りを中心に、密に生えていた。

黒井さん曰く、そのキノコ群は、昨日までは存在しなかったものなのだという。

黒井さんが子供の頃は毎日のようにその隙間に出入りしており、実家の周りをぐるぐると何周もして遊んでいた。

だから、ある日唐突に現れたそれらのキノコ群が、不思議でならなかったそうである。

黒井さんは、キノコを踏みつけないよう跨《また》いで、この狭い隙間を通り抜けた。

その形状がとても気持ちが悪く、キノコに触れてみたいという気は全く湧いてこなかった。

その後も数日、キノコは変わらずに群生していた。

しかも、日が経つにつれ、その量が増しているように思えた。

量が増えるにつれ、見た目のグロテスクさの度合いも高まり、黒井さんは次第にそのキノコを目にすることに嫌気が差してきてしまった。

その日は土曜日だった。

いつもなら学校から帰ったらまずはそのまま隙間に入って、ぐるりと家の裏手に回るのだが、先の理由により、今日はその気にはなれなかった。

代わりに家の中へと上がり、棒アイスを齧《かじ》りながら、居間でぼんやりとテレビを見ていた。

暫くして、俄に玄関のほうが騒がしくなっていることに、黒井さんは気付いた。

そういえば、数分程前から、家の外のほうもざわついている。

何事かと思い、黒井さんは居間から顔を覗かせる。

すると、玄関先では黒井さんの母親と隣家のおばさんが興奮気味に言葉を交わしていた。

「……酷い状態でね。もうお顔なんて半分溶けかかっていたらしいのよ」

「ああ、本当にお可哀相に……。最近、お姿をお見かけしていなかったので、心配はしていたのだけれど、まさかこんなことになっていたなんてねぇ」

黒井さんは、後に母親から詳しく話を聞いた。近所に住む、イデさんという方が亡くなったとのことだった。

イデさんとは、八十代半ばの高齢の女性だった。

黒井さん自身とは、殆ど面識はなかった。だが、母親のほうは町内会の集まり等で、時々、顔を合わせる間柄であったそうだ。

認知症のようなものとは無縁のしっかりとした方で、母親が密かに私淑する程に、上品な物腰と丁寧な話し方をする女性であったという。

ただ、余り人付き合いを好む性格ではなかった様子で、集まりの場に顔を出すのもいつも最小限。特別に仲の良い御近所さんがいる風でもなかった。

今回、そういった事情が災いしてしまった。

死因はどうやら急性の心筋梗塞らしいのだが、旦那さんと二十年程前に死に別れて以来、ずっと一人暮らしを続けていた為に、発見が大幅に遅れてしまったのだという。

つまり、イデさんは自宅の中で腐りかけていたのである。

そして。特記しておくべきことが一つ。

実は、このイデさんのお宅は、黒井さんの裏手にあった。

そう。外壁の土台部分にキノコが群生している、あの家の住人であったのだ。


明くる日。黒井さんは朝、目覚めると、すぐに隙間へと立ち入り、家の裏手に周ってみたそうだ。

不謹慎ながらも、死人が出たばかりの家というものを、改めて確認してみたかったのだという。それも自分だけしか立ち入ることのできない、裏手側という特等席から。

すると、どうしたことだろう。

つい一昨日まで、気持ち悪いくらい大量に群生していたキノコ群が、綺麗さっぱり消えてなくなってしまっているのである。

まるであのキノコ群が夢か幻であったかのようなこの事態に、黒井さんはただただ戸惑うことしかできなかったという。

「あのキノコは、イデさんの死を知らせる為の、俺に向けての一種の合図だったのかもしれんのよなぁ」

そう言いながら、黒井さんはバツが悪そうに自分の胡麻塩頭をぼりぼりと掻きむしった。

あやふや

秋元さんが恋人の冬香さんと二人でカンボジアへ旅行に行った際、数時間ばかりその冬香さんが行方不明になったことがあった。

シェムリアップのナイトマーケットでの買い物中に、何の前触れもなく姿を晦《くら》ましたのだという。

電話は電波が届かない場所にいるのか繋がらなかった。

時刻は夕刻。

マーケット周辺には、夜間になると途端に治安が悪くなる場所も多い。心配した秋元さんは焦りながら、冬香さんの姿を探し回った。

日が落ちていくにつれ、通りはより賑わいを見せ始める。観光客は勿論、客引きや物乞いの姿も刻々と増えてくる。

そんな人混みの中を四往復程走り回っても、冬香さんの姿は見当たらなかった。

秋元さんは次に裏通りを見て回ろうとした。

派手な電飾に彩られたメインストリートは活気に溢れているが、一本裏に道を入ると雰囲気は一変して暗く、そして怪しさを増す。

そんな裏通りを一目覗き見て、想像以上のその不穏さに、秋元さんは足を踏み入れることを躊躇《ためら》ってしまった。

――もうこれ以上一人で探し回るのは無理だ。警察に駆け込むか、或いは大使館に連絡を入れて……いや、ひょっとしたらもうホテルに戻っているのかもしれない。先にホテルのほうに連絡を……。

秋元さんがそんな逡巡をしていると、暗い裏通りに、ふらつく足取りの女性のシルエットが浮かび上がった。

徐々にこちらに近づいてくるその女性は冬香さんだった。

「どこ行ってたんだよ。めちゃくちゃ心配したんだぞ」

秋元さんは駆け寄り、声を掛けた。

冬香さんは、〈ずっとあなたのことを探していたのよ〉と応えた。電話はバッテリーが切れてしまって使えなかったのだという。

もっともらしい返答だったが、その口調があまりに平坦過ぎて、秋元さんは若干の違和感を覚えた。普段の冬香さんであれば、もっと露骨に安堵して見せたり、又は逆に機嫌を損ねて見せたりする。目の前の冬香さんは、あまりに無感情に過ぎる気がしたのだ。

それでも無事でいてくれたことにほっと胸を撫で下ろし、すっかり腹ペコになっていた秋元さんは、冬香さんを連れてレストランへと赴いた。

食事の席でも、冬香さんの様子はどこかおかしい。

何を話しかけても上の空。

口に運んだココナッツミルクのカレーや空心菜の炒め物をぽろぽろとこぼす。こぼした後も汁に塗れた口周りを拭わず、そのまま薄ら笑いしながらぼんやりとしている。


冬香さんの様子がより奇妙な行動を取り始めたのは、ホテルに戻り、就寝の準備をしていたときのことである。

ベッドの上に腰かけていたと思ったら突然立ち上がり、合掌を始めたのだという。

瞼《まぶた》を大きく上げ、何かを見上げでもしているかのような状態で、手を合わせている。

とは言っても、参拝するときのような厳かな態度ではない。だらんと脱力したような状態で、その身体は気怠げに前後左右にふらふらと揺れている。

羽虫でも捕まえたのかと冗談交じりに訊ねてみると、「あ、うん。そう……そう」と気の抜けた言葉を返し、それでも尚、胸の前で手を合わせ続けている。

ここにきて秋元さんは本格的に心配になり始めた。

――ひょっとしたらドラッグにでも手を出したのではなかろうか？

そんな不安が頭を過った。

仮に冬香さんがこんな状態に陥っている原因が大麻等にあるとするならば、カンボジアの薬物規制法により、誰であれ最低でも二年の禁固刑に処されてしまう。罰金は日本円で三十万近く掛かる場合もあると聞く。

だから秋元さんは具体的な行動を何も起こせなかった。

病院や警察に相談に行った途端に、冬香さんが監獄にぶち込まれてしまう可能性に、二の足を踏んでしまったのだという。

冬香さんは時間にして十分程の間、合掌を続けた。その後、気を失うかのように寝入ってしまった。

秋元さんは〈もし明日もこのままの調子ならば、そのときこそ病院に連れて行こう〉と気持ちを固め、自分も眠りに就いた。

翌朝。

秋元さんが目を覚ますと、そこには心配そうな面持ちで秋元さんの顔を覗き込んでいる冬香さんの姿があった。

「……気分はどう？」

冬香さんは、怖々とした口調でそんなことを訊ねてくる。

昨晩とは異なる、普段通りの冬香さんの様子に秋元さんはほっとした。だが、そんな彼女の発している質問の意図がいま一つピンとこない。

「気分ってどういうこと？」

素直にその質問の真意を問うた。

すると冬香さんは目に涙を浮かべ始め、昨晩の秋元さんの様子があまりにもおかしく、怖かったのだと言った。

具体的には、夕方に一緒にマーケットで買い物に行った際、秋元さんが突然、姿を消したのだという。そしてその後、無事に再会はできたのだが、以降、秋元さんはずっと奇行を繰り返し、会話すらまともに交わせないまま寝入ったのだそうだ。

この話を聞いて、秋元さんはすぐに反論した——いや、それはお前のほうだろう、と。


二人の話には食い違いが生じていた。

冬香さんは、昨晩突如姿を消し、様子がおかしかったのは秋元さんのほうだと主張する。

だが秋元さんからしてみれば、姿を晦まし、以降おかしくなったのは冬香さんのほうなのである。

ならばと、秋元さんは自身の携帯を取り出し、冬香さんに突きつけた。

携帯には昨晩、秋元さんが冬香さんにコールした履歴が表示されている。

昨晩の探索の途中、秋元さんは冬香さんの携帯に何度か電話を掛けていた。よってこの履歴こそが自分のほうがまともであったことの証明になるのではないか、と秋元さんは踏んだのだ。

すると冬香さんも自身の携帯を鞄から取り出し、秋元さんに突きつけて見せた。

聞けば、冬香さんも昨晩、探索中に何度も秋元さんの携帯に電話していたというのである。

冬香さんの携帯にも確かに発信の履歴が残っていた。

そんな二つの携帯の履歴を見比べるうちにある点に気が付いた。

二人の携帯には共に五度、相手の携帯にコールしているという発信履歴だけが残っており、着信の履歴についてはどちらにも存在してはいなかった。そして、その双方の発信履歴を照らし合わせてみると、五度とも全てが、殆ど誤差なくほぼ同時刻となっていた。

前者に関してはあまりに不自然で、後者に関してはまりにもあまりにできすぎだった。

だんだんと奇妙な気分になり始めた二人は、改めて昨晩あった出来事を互いに語り合い、精査した。

すると、秋元さんにとっての昨晩の体験と、冬香さんにとっての昨晩の体験が、立場が逆転していることを除けば、全てぴったりと一致していることが判明した。

互いに姿を消した相手のことを探し回り、マーケット内を端から端まで四往復し、裏通りを覗き見て足を竦《すく》ませ、そんな裏通りでようやく相手と再会し、その後に訪れたレストランやホテルでの態度に違和感を抱き、終いには薬物摂取の疑いを向ける――。

行動だけではなく、その場その場での思考まで、何もかもが一致していた。


結局のところ、どちらの主観が事実であったのか、二人にはその判断が付けられなかったのだという。

ひょっとしたらホテルのフロント係や、立ち寄ったレストランの給仕に訊ねていれば、何かしらの手掛かりが手に入っていたかもしれなかったのだが――。

それをしなかったのは、秋元さんが携行していたコンデジに入っていた、一枚の写真が理由だった。

それはどこかの暗がりでフラッシュを使って撮影されたもののようで、白飛びして肌が真っ白になった二人が、横並びにこちらを向いて立っている写真だった。

データを見ると撮影された時刻は、丁度行方不明になっていた相手と裏通りで出会った辺り。但し、秋元さん冬香さんどちらにも、このような写真を撮影した記憶がない。

そんな写真の中の二人は、共に似たような笑みを浮かべていた。

どちらも視点が定まっていない上に瞳孔が開いており、一見して精神がまともではないと分かる人間の顔をしていた。

そして二人は揃って、胸の前で手を合わせ合掌していた。

この写真を見て二人は思い至ったのだそうだ。

おかしいのはどちらか一方ではなく、双方ともにであったという可能性に。

要は、二人は真実を知ることが途端に恐ろしくなり、それ以上の追求を止めたのである。

気配

佳苗さんの母親は、数十年前に視力を失った。

以来、何かと不便な生活を強いられているそうなのだが、その分、他の感覚が鍛えられた。例えば、物が動く気配のようなものについては、晴眼の者達の能力を遥かに凌ぐ程に、素早くそして的確に察知することが可能であったという。

縁側の傍を野良猫が通り過ぎる気配にもすぐ気付き、玄関先に客が来たことも、チャイムが鳴るその前に把握できてしまう。

ただ、ここ最近になって、そんな察知能力に狂いが生じ始めたのだそうだ。

「あら？　お庭に誰かいらっしゃる？」

母親のそんな声に、佳苗さんは夕暮れに染まり出した庭先を見やる。

だが、庭には誰の姿も見られない。

また別の日には、

「佳苗のお知り合い？　どなたか三和土《たたき》でお待ちのようよ？」

その言葉に、暗がりに沈んだ三和土を覗いてみるも、今度もまた誰の姿も見当たらない。

こんなことが繰り返されるうち、佳苗さんは次第に怖くなってきたのだという。

その何もない空間が、である。

母親の勘違いが頻発するようになってから、心なしか家のあちらこちらの雰囲気が暗くなってしまった気がするのである。

取り立てて古い訳でも、不潔にしている訳でもない家なのに、何となく気の塞ぐような気分になるのだ。


それからというもの、佳苗さんは母親の挙動がいちいち気になった。

リビングのソファに腰かけながらも、落ち着かない風で何度も天井のほうへ顔を向ける母。

お手洗いから戻る途中、ふと足を止め、廊下の突き当たりの白壁へと顔を向けたまま、暫く動かなくなる母。

母親のそんな姿を目撃する度に、すーっと背中が冷たくなる。

母親が顔を向けた先へと目をやると、どこから生じたものなのか、そこには不自然な影が差している場合が多いのである。

「何なんだろうなあ一体」

と、佳苗さんの旦那さんも影の存在に気付いていて、家の中の雰囲気も何だか淀んでいるようだと指摘する。


そんなことが続いていた、ある日。

佳苗さんの母親が脳出血により意識障害を起こし、そのまま亡くなってしまったのである。

あまりにも唐突な死だった。

故に、しっかりとした別れの挨拶も叶わず、佳苗さんは暫くの間、何も手が付かなくなってしまう程までに落ち込んでしまった。

だが、この母親の死をきっかけとして、家の中の雰囲気自体は、かつての正常なものへと戻ったのだという。

決して気のせいではない。

以後、不自然な影を目にすることも、何もない空間に、意味もなく恐れを抱くことも、一切なくなったのである。

「良くないモノが居座っていたのかもしれないな」

佳苗さんの旦那さんは言う。

佳苗さんの母の死期が近いことを知り、それを嗅ぎ付けた何か良くないモノ達が、一時的に寄り集まっていたのではないか。

だから家の中の雰囲気が、あんなにもおかしなものになったのでは、と。

佳苗さんの考えも、これと同じであるという。

顔が見られない

金山さんはある女性インディーズアイドルグループに入れ込んでいた。

そのグループの中の推しのメンバーの一人に、霊感があることを売りにしているレンカさんという子がいた。

そんな彼女達のワンマンライブに赴いた際のこと。

インディーズアイドルのライブでは、ライブ終了後にメンバー自身がグッズの販売を行う物販の時間が設けられているのが通例で、それはメンバーとファンとの間での大切な交流の時間となっている。

応援の言葉を贈ったり、近況を話したり、ツーショットでチェキを撮ったり――。

そんな楽しくも和やかな雰囲気の中、レンカさんが、突如悲鳴を上げたのだという。

レンカさんは目の前にいる人物を指差しながら、少し大げさに思えるくらいに震えていた。

指差されているのは、まだ高校生くらいであろう女の子だった。

インディーズアイドルの大半は、数十人レベルの熱烈なファンの存在によって支えられ、成り立っている。

したがって少数のファン同士、お互いに見知った顔である場合が多かった。

初期の頃から応援をし続け、古参のファンである金山さんにとって、その場にいる面々はほぼ顔なじみである。

しかし、その女の子については、これまで見かけたことがなかった。となれば新規の客ということになる。

その女の子は、いきなり悲鳴を上げたレンカさんに面食らった様子で、棒立ちになっていた。

「おい、姉ちゃん！　レンカちゃんに何したんや？」

周囲にいた年長のファンが怒声を上げて女の子に突っかかり、同時にレンカさんの元へは、グループのメンバー達が駆け寄っていく。

「レンカ、一体どうしたん？」と、心配げに訊ねている。

金山さんらその他のファン達も、傍で耳をそばだてながら様子を窺う。

「……ごめんなぁ。そのお客さんのお顔が何かぼやぼやっとなってて。……あたしどうかしちゃったんかなぁ」

金山さん ら他の人間にしてみれば、ごく普通に視認できているその女の子の顔が、レンカさんにとってはブレたようにぼやけて見え、その驚きで思わず悲鳴を上げてしまったのだという。

顔以外の、女の子が身に着けているノースリーブのブラウスや、黒のふくらみのあるスカート等は、異常なく見えているのに、顔だけがどうにも焦点が合わない感じで、はっきりと認識できないというのである。

これまで白い靄《もや》のようなものやオーブを目撃したり、ラップ現象や金縛り等々の経験はあったが、今回のようなことは初めてであったそうだ。

その女の子は、駅前でグループのメンバーが配っていたチラシに興味が湧いて、この日、初めて足を運んでくれたという客だった。

だが、今回のごたごたに吃驚《びっくり》してしまったのか、それっきり、ライブ会場で彼女の姿を見かけることはなかった。

一方のレンカさんは、「あのお客さんの顔ってどんなんやったん？　見てみたかったわ」と、事ある毎にそんなことを口にし、その女の子のことを執拗《しつよう》に気にし続けていたという。

そんなレンカさんであるが、それから半年と経たずに心と身体のバランスが芳しくないとの理由でグループを脱退し、今現在はアイドル活動を休止してしまっている。

因みに、レンカさんが最後まで気にし続けていたというその女の子は、金山さんによると、清楚な感じの白い肌と整った目鼻立ちがとても印象的で、メジャーなモデル、或いはアイドルかと見紛う程までに、美しくて愛らしい顔立ちをしていたそうである。

きり

営業マンの富田さんの帰りは、ほぼ毎日、夜の十一時過ぎであるという。

夕方近くまでは外回り。社内に戻った後は、報告書や資料の作成をこなし、更には各取引先に対し諸々のメール対応等を行っていると、退社する時刻は必然的にこのような時間になってしまう。

時間的に、帰りの電車内はいつもそこそこに混みあっている。

座席に座れることなど稀で、富田さんは大抵ドアにもたれるようにして、ぼんやりと車窓の外を眺めながら過ごしている。

読書する気にも、スマホでゲームする気にもなれない。

疲れきっており半分意識が飛んだような状態で、車窓の外を流れゆく景色を眺めることが精一杯なのだという。

そんな車窓の景色の中で、一つ、いつも目を惹かれる光景があった。

トンネルを潜り抜け、街並みが郊外のそれへと移り変わったところで、緩い土手の上に線路が延びる箇所がある。

視界が開けて、数十メートル先の高台へと上る坂道が目に入るのだが、その坂道の途中にいつも必ずこちらを向いて立っている女性がいるのだという。

街灯の乏しい坂道であるにも拘わらず、闇夜の中ではっきりその姿が視認できるのは、女性が純白の服を身に着けているからなのだろうか。

その女性は金髪であり、だからなのかどこか日本人にはない異国の雰囲気を湛えているように思えた。

いつしか富田さんは、このたった数秒の出会いの時間を、何よりも心待ちにするようになっていた。

それは恋に近いような感覚であったという。

富田さんは独身で恋人もいない。こんなにくたくたに疲れて帰ってみても、自宅には誰も待っていない。

そんな日々の中、気付けば毎日見かけるこの女性に対して、あれこれと思いを馳せるようになっていったのである。

この女性の存在に気付いてから、十日ばかりが経ったある日。

富田さんはこの日電車を途中下車し、直接女性に会いに行ってみようと心に決めていた。

日に日に胸の中で高まっていく、〈もっと近くで彼女を見てみたい！〉という強い衝動に、遂に抗い切れなくなったのだという。

退社後、いつものように、電車のドア付近に陣取る。女性の姿が確認でき次第、すぐにその先の駅で降りる算段だった。

電車がトンネルを抜け、土手の上を走る。

いる。女性はいつもと全く変わらない格好で、暗い坂道の途中でこちらを向いて立っていた。

よし――。

富田さんの気持ちが昂《たか》ぶる。

逸《はや》る気持ちを抑えながら、窓の外を流れていく景色を眺めている――と、不意に、ぽん、と胸を何者かに小突かれた。

小突いてきたのは、富田さんのすぐ前に立っていた、小柄な初老の男性だった。

全く面識のない人物である。

薄くストライプの入った品の良さそうな灰色のスーツを身に着けており、どこかの上場企業の、少なくとも中間管理職以上のポジションにある人物のような印象を受けた。

その男性は開口一番、こう言った。

「あなたが今心惹かれているソレは、関わりを持ってはいけない存在ですよ」

落ち着いた口調で、初老の男性は言葉を続ける。

「もし誘いに乗って対面するとなれば、ソレは以後あなたに憑《つ》き纏《まと》います。そうなるとあなたは、健康面、金銭面において、様々な困苦に見舞われることになるでしょう」

初老の男性はここまでを富田さんに伝え終えると、とんとんとん、と富田さんの左肩を三度軽く叩き、次いで宙に何やら文字を描くかのように複雑に指を振った。

「〈きり〉は祓われました。今一度、あなたが胸に抱いている欲求が真かどうか、自問してみることをお勧めします」

そう言い終えると、初老の男性は丁度開いたドアを出て、ホーム上で乗降する人々の合間に紛れて姿を晦ましてしまった。


一体今の初老の男性は何者だったのだろうか？

いやそれよりも――。

つい今しがたまでの、女性に対する愛欲にも近い気持ちの昂ぶりが、嘘のように収まっていた。

――あんな点景のような存在の女性に対して、どうしてそこまで入れ込んでしまっていたのだろう？

ここ数十日間の己の感情が俄には信じられない。

最早、女性に会いに行こうなどという気は完全に失せていた。

明くる日。富田さんの気持ちの変化に起因したかのように、坂道から女性の姿が消えた。代わりに、坂道には薄く霧が掛かり、車窓から眺めると大抵ぼんやりと不明瞭であることが多くなったという。

薄味

石橋さん曰く、学生時代は、とにかくお金がなかったのだという。

イベント会場の設営・撤去のバイトを行っており、月に十万前後の収入はあった。だが、当時のめり込んでいたバンド活動の為の機材代やスタジオ代に合わせて家賃を差し引くと、手元に殆どお金は残らなかった。

食費を削っての生活が続いていたとのことで、日々の食事はパン屋の店頭でただで貰えたパンの耳を主食に、スーパーの片隅に置かれたおつとめ品のキャベツやニンジン、もやし等を使って作る野菜炒めやみそ汁。時折、栄養面を考慮し、購入した卵を使ったスクランブルエッグが主な献立であったそうだ。

石橋さんは食に特にこだわりがあるタイプではなく、このような食事が続く毎日でもそれほど苦ではなかったそうなのだが、それでも不意に口寂しくなり、無性に甘いものや脂っこい食べ物を口にしたくなるようなことがあった。

そのような場合、生活費に多少の余裕があれば菓子パン等を二つ三つ買い込むというようなことをするのだが、大抵は生活がきつきつでそんな余分なお金はなかった。

こんなときは仕方なく、当時住んでいたアパートの近くにある霊園に赴くのだそうだ。

東京ドーム十数個分の広さのあるその巨大な霊園は、お盆やお彼岸でなくとも、毎日何百組もの人々が故人を供養しに訪れる。

石橋さんは、そんな人々が墓に供えた飲食《おんじき》を、こっそりと頂戴していたのだという。

飲食の大半は持ち帰られてしまうものだが、中には和菓子や果物等を墓前に置いたまま、霊園を後にしてしまう人も多いのだそうだ。

いつ供えられたのかしれない飲食に手を出して、腹を下してしまうのは馬鹿らしいので、基本的に手を付けるのは、供えられたばかりの新鮮な品である。

霊園内をうろつきながら、墓参りしている人々を遠目から観察。墓参りを終え立ち去った後にその墓前へと足を運び、食べられそうなものがないか確認をするのだという。

近くのごみ箱にそのまま供え物を捨てていく人間も多いのだそうで、捨てられたばかりの飲食を求めて、霊園内のごみ箱を漁ることもよく行っていた。

やっていることはホームレスと同じ、というよりそれ以下の行為であるように思われるが、石橋さん当人にしてみれば、コンビニ等の市街地のごみ箱を漁るよりもずっと抵抗は少なかったそうである。

ただ、そのような方法で手に入れた飲食は、どうにも味がぼやけて感じられることが多いのだという。

供えられていた団子に喜び勇んで齧り付いてみても、想像していたより美味くない――というよりも、はっきりと味が薄い。こんなことが結構な頻度で起こったのだそうだ。

その理由について石橋さんは、「これらは謂わば、仏さんに供された後の残り物だから」と、そう思い込んだそうである。

飲食としての本質的な部分は、既に故人によって消化、消費されてしまった後の物。つまりは自分は今、そんな形骸化した食べ物の抜け殻を食しているのであると。

こう思い込むことで、幾ばくかの罪悪感を紛らわせたいという側面が、気持ちの奥にはあったのかもしれない。

その為、口にした飲食にしっかりと味が残っていた場合は、〈仏さんが食する前に手を付けてしまった〉と墓石に向かって頭を下げ、口の中で謝罪の言葉を何度も反芻《はんすう》し続けるのだそうだ。

それでも、石橋さんのこんな〈食べ物の抜け殻〉を食すという行為は、二年ばかり続いたそうである。

臭い

久川さんが十年近く暮らしているアパートは低家賃の安普請であるが故か、窓を全て閉め切っていても外の匂いが入ってくることが多い。

大通りへの抜け道でもあるアパート前の細い道路を車が駆け抜ければ、排ガスの臭いが鼻をついてきたり。

隣の部屋の住人が風呂を使えば、シャワーの音とともにフローラルのシャンプーの香りが漂ってきたり。

夕食時。階下の部屋の換気口から漏れ出たニンニクを炒める香りが、部屋の中に充満したり。

こんなことが、しょっちゅう起こる。

そして。

最近になって、毎夜、深夜近くになると断続的に煙草の臭いが漂ってくるようになり始めた。

久川さんは喫煙者ではないこともあり、煙草の臭いが嫌で堪らない。不快の極みと言っても良いくらいだ。

早急に話を付けて、何とか控えてもらいたいのだが、この喫煙者の正体が、なかなか掴めない。

アパートの他の部屋の住人でないことだけは、すぐに調べが付いた。

久川さんの部屋を含めて、全部で六部屋しかないこのアパートの住人揃って、皆、煙草は吸わないのだ。

毎夜決まって、ある程度の時間に亘って臭ってくるとなれば、通行人の歩き煙草であるという線は低いと見ていい。

それに臭いは通りに面した側からではなく、部屋の反対の玄関のほうから漂ってくる。

初めのうちは臭いがする度に玄関の扉を開け、その外に何者かがいないか確認する、というようなことも行っていた。

しかし、何度確かめに出てみても誰の姿も見かけないし、煙草の煙のようなものを目にしたこともない。

他の住人は全く気にする素振りがないし、これは一体どういうことなのだろう？

暫くの間、久川さんはこんな釈然としない思いを抱き続けていた。

そのまま一カ月余りが経った、ある寒い冬の夜。

久川さんの住む地域一帯が地震で揺れた。

震度五弱というかなりの強い揺れに、部屋の中に積んであった本であったり、台所の棚に置いてあった茶筒やお椀であったりが、音を立てて床へと転がり落ち、散らばった。

揺れが収まった後、久川さんは部屋の片付けをしながら、扉の建て付けや壁にひび等入っていないかの確認を行っていた。

そうしていて気付いたのが、玄関少し手前の天井の天板の状態だった。

少しずれており、ほんの僅かに黒い隙間が空いているのである。

揺れの激しさで、板が外れてしまったのかもしれない。

久川さんは椅子を踏み台にして天井へと手を伸ばし、板を直しに掛かった。

ずれた天板を完全に取り外すように一旦浮かせ、その後改めて嵌《は》め直す。

そんな作業の折、久川さんの鼻孔が微かな臭いを捉えた。

その瞬間、ぞわりと全身に粟が立った。

不快な臭いだ。

臭いは天板を外して口を開いた、天井裏の中から漂ってくる。

中を確認しない訳にはいかなくなり、久川さんは懐中電灯を用意した。

椅子の上でつま先と首とを目一杯に伸ばしながら、暗い天井裏の中を覗く。

すると、覗いた先の手を少し伸ばせば届くくらいの辺りに、ごちゃごちゃと何かが見えた。

懐中電灯の発する光に照らし出されたそれらは、両手に辛うじて全て収まりそうな程の量の吸い殻だった。

見たところ、まだ新しさを感じる数十本程の吸い殻が散乱しているのだ。

怒りでだったか、それとも恐怖でだったか——。

これらの吸い殻を目にした瞬間よく分からない感情が迸り、久川さんは一瞬目が眩み、そして一人パニックを起こしかけたという。

この日以降、煙草の臭いが部屋の中に漂ってくるようなことはなくなった。

ただ、代わりに何とも落ち着かない謎が残ってしまった。

——一体、誰がこんなところで煙草を吸ったのだろう？

天井裏の天板の上は一面、フラットに埃が積もったままだった。それに天板が不自然に軋《きし》んで立てる音など、これまで一度も耳にしたことがない。

つまり、人がこの天井裏に隠れ潜んでいたとは到底思えない。

だから久川さんは、何度も考えてしまうのだ。

——一体、誰がここで煙草を吸えたというのだろうか、と。

ランドセル

梶原さんは、住宅街の片隅で金属の切削加工を中心とした小さな工場を営んでいる。

昨今ではコンピューターで数値の制御を行う自動旋盤が主流となりつつあるそうだが、未だ職人の腕や経験が加工品の出来を左右する旧来式の旋盤のみを頑なに使用し続けている、古風なタイプの町工場であるという。

工場の外観も年季が入っており、トタンの屋根や壁などどこもかしこも赤茶け始めている。

そんな見た目なものだから、小綺麗な家々が建ち並ぶ住宅街の中にあって、この梶原さんの工場は一際目を惹く存在となっている。

工場の近くに小学校があるのだが、下校時になると子供達が工場の周辺を走り回ったり、時には旋盤から出た鉄くずを求めて入り口付近に置かれてあるドラム缶にたむろしていたりもする。

熱気が籠もらないよう、常時、工場の入り口の扉を開けたままに作業を行っている為、工場の中を覗き見る子供達も何人もいる。

子供は好きなほうなので、そんなときは梶原さんはいつもにっこりと微笑みかけ、安い駄菓子を与えたりしたこともある。

毎日がこんな具合なので、研削盤の下にランドセルが立て掛けてあったときも、取り立てて不思議には思わなかった。

一日の業務が終わり工員達が帰った後、機材の点検をして回っている際に見つけたのである。

随分とガタの来ている黒いランドセルだった。

冠の表面は皮が剥げかけてざらざらになっており、肩紐の一方は今にも千切れそうな状態だった。

そう詳しい訳ではないが、どこか今どきではない古めかしいデザインのランドセルであるような気がした。素材も合皮ではなく牛革を使っているようだ。

研削盤は工場の中ほどに置いてある。隙を見て工場の中に忍び込みでもしないと、ここにランドセルを立て掛けておくことはできない。

仕方ない子だな――そんなことを思いながらぐるりと周囲を見回してみても、ランドセルの持ち主の姿は見られない。

かくれんぼでもしているのだろうか？

子供達に少々甘い顔をし過ぎたか。知らないうちに工場に忍び込まれ怪我でもされようものなら、学校や周辺住人から非難を浴びせられることは必至だ。

見つけたら少しきつめに叱ってやらなければと、工場内の工具機材や鉄材の合間合間を隈なく見て回る。

それほど広い工場ではないので、数分と掛からない。結果、ランドセルの持ち主の姿はどこにも見当たらなかった。

時刻は六時を過ぎている。もうこのランドセルの持ち主は既に家に戻っており、夕飯でも食べている最中なのかもしれない。

住所でも分かれば届けてあげられるのだが——そう思い、改めてランドセルを見回してみるも、住所どころか名前すらも記されてはいない。

ならば中身はどうだろうと冠を外しランドセルの中を覗いて見ると、教科書や筆記具のようなものが一切見当たらなかった。

代わりにランドセルに詰まっていたのは、ダライ粉と呼ばれる旋盤で金属を加工した際に発生する鉛筆の削りカスのような鉄くずだった。

梶原さんは作業机の上に、そのランドセルの中に詰まっていたダライ粉をぶちまけてみた。

ダライ粉に紛れて錆塗れのジュースの空き缶が一つと、所々に緑青が浮いた真鍮製のシガレットケースが転がり出てきた。

シガレットケースの表面には、ナスカの地上絵のような簡素化された鳥が彫られていた。

この彫り物には、何となく見覚えがあった。

どこで見たのだろう？　そんなことを思いながらシガレットケースを弄り回すうち、次第に記憶が蘇ってきた。

このシガレットケースは、梶原さんが少年の頃に、祖父から貰ったものに間違いない。

貰い受けたときはまっさらだったシガレットケースに、梶原さん自らが時間を掛けて、この鳥の彫り物を施したのである。

シガレットケースだけではない。錆塗れの空き缶のことについても思い出した。

こちらもまた同時期の頃のことだ。当時、結構な高級品であった缶ジュースを親戚がお土産として買ってきてくれたことがあったのだ。美味しくジュースを飲み終えた後で、物珍しさもあってその缶は捨てずに、ずっと手元に残しておいていたのである。

そしてここまできて梶原さんは、ようやく全てを思い出した。

このランドセル自体が、梶原さんが幼少時代に使用していた物なのである。六十年近くも前のことだったので、すぐには自分のランドセルだと分からなかったのだ。

梶原さんは少年の頃から鉄を始めとする金属が大好きだった。だから、よくノートや教科書等は学校に置きっ放しにして、ランドセルは街を練り歩いてかき集めた鉄くずを入れる容器代わりに使用していたのである。

——そうだそうだ。このシガレットケースと空き缶が何よりも大切な俺の宝物で、どこに行くにも持ち歩いていたんだ。

ただ、これらランドセルや空き缶、シガレットケースは、どれも現存する筈のない代物だった。

梶原さんが中学に上がってからの暫くまでは、確かに全て手元に残してはいた。

ただその後、父親の仕事の都合で引っ越しをすることになり、ぼろぼろだったランドセルはこの機に処分し、シガレットケースは仲の良かった友人に別れの贈り物として譲ってしまったのである。空き缶については、記憶が曖昧でその後どうなったのか不明であるのだが、いずれにしてもこれらの代物が現代の今、揃ってここに存在していることはあり得ないことだった。

梶原さんはこれらの品を暫くの間、工場の隅に粗雑に放置していた。些か気味悪く思えたので手放しで懐かしむ気にはなれず、かと言って処分してしまうのにも躊躇いが生じた故の折衷案だった。

唐突に顕現した物達なのだから、ひょっとしたらそのうちに勝手に消失するだろうとも思っていたのだが、数カ月経った後でもどれ一つ欠けることなく、揃って工場の隅に転がったままであった。

この頃になると、もう当初抱いていた気味の悪さのようなものは、完全に消え去っていた。

結局これらの品は、空き缶は灰皿代わりにランドセルは工具入れとして、梶原さんの工場内で再利用されることになった。

シガレットケースについては綺麗に磨いて錆を落とし、工場に頻繁に顔を見せる男の子に与えたのだという。

かつて梶原さんが祖父から貰い受けたときのように、その男の子も大きく破顔して喜んでいたそうである。

象徴

　トモカさんは高校卒業後、音大に通う為に関東へと越してきた。

　学校の最寄り駅の沿線上に、小さなロータリーがある駅があった。トモカさんが暮らし始めたのは、とても鉄塔の多い街だった。

　両親とともに不動産屋巡りをしている最中、休憩に立ち寄った駅ビルの上層のレストランの窓から見下ろした街の全景に、まず圧倒された。

　数キロ先の田園地帯まで望めたというレストランの窓からは、恐らくは隣町、更にはそのまた隣の町の分も含んでカウントしてしまっていたのかもしれないが、目に入る鉄塔の数は七、八十本近くまでに上った。

　鉄塔以外にも様々なものが存在する街ではあったが、このときの光景があまりに強烈過ぎて、トモカさんの中で街の印象は決定づけられてしまった。

　街の上空に張り巡らされた無数の送電線が、統制の取れたラインを宙に描き、それぞれの鉄塔に収束していく様は、暫く見呆けてしまうくらいに美しいと思えた。ただその反面、余りに壮大で人間味が希薄な佇まいに、意思の通じない者と相対しているときのような空恐ろしさを感じもしていた。

そんな街の学生マンションで、トモカさんの生活は始まった。

通学の利便性と充実した防犯設備に、ここなら安心だという強い両親の勧めもあって契約したマンションだった。

このマンションの近くにも、大きな鉄塔が一本立っていた。

それは十字路を挟んだマンションの斜向かい、トモカさんの部屋から直線でおよそ二、三十メートル先に位置していた。

マンションの五階にあるトモカさんの部屋の窓からもその鉄塔の様子がよく見えた。

夕暮れ時などは、日の照り返しによって鉄塔はその無機質な存在をキラキラと際立たせていた。

だが、そんな鉄塔の姿を目にする度、トモカさんは何とも心許ない気分にさせられてばかりいた。

ただそれは、誰も知り合いのいないこの街で、これからたった一人で暮らしていかなければならないという不安が招いた、一時のメランコリックな感情だった、とトモカさんは後に回顧している。

そんな不安の象徴に、知らず知らずのうちに、この無機質な鉄塔という存在を当てはめ、そして一人勝手に畏怖してしまっていたというのだ。

だからであるのか、この時期のトモカさんが見る夢の中には、様々な鉄塔が登場するどこか不気味な情景が広がっていた。

現実以上に鉄塔だらけの薄暮の町中を彷徨《さまよ》っていたり、数え切れない程たくさんのカラスが翼を休めている、些か傾き気味の鉄塔を見上げていたり、東京タワー以上に高く巨大な鉄塔にロープウェイのようなもので上っていったり——。

そして当時、これに関連してトモカさんはとても奇妙な体験をしたのである。

それは、トモカさんの見る多くの荒唐無稽な夢の中では最もリアルに近かった、〈マンション前の鉄塔が登場する夢〉に端を発する。

その夢の中でトモカさんは、マンション前の鉄塔にしがみついていた。

どのような理由があってのことかは分からないが、斜めや水平に組まれた鉄柱を掴んだり足を掛けたりしながら、ひたすら鉄塔のてっぺんを目指していた。

何とか鉄塔の半ば辺りまで上ったは良いのだが、途端に身体が強張《こわば》って動かなくなってしまった。

先に進みたいという意思があっても、もどかしいくらいに身体が言うことを聞いてくれないという、悪夢の中ではよく起こる理不尽な感覚であった。

下を向けば高層ビルの展望台から眺め見る景色のように、ミニチュアとなった街が広がっている。

目が眩み、足が竦む。

トモカさんはもうそれ以上先に上ることを諦めて、自らの首に巻いていたマフラーをその場の塔体の鉄柱に結び付け始めた。

この行為の意図はよく分からない。夢の中なので行動の整合性が掴めないのだ。

マフラーをしっかりと結び付け終えると、トモカさんはそれで満足したのか、そのまま鉄塔から身を投げた。

トモカさんの身体は、遥か下の地面へと勢いよく叩きつけられた。

現実ならばそれで死んでしまっているのだろうが、夢の中のトモカさんにはまだ意識があった。

どうやら仰向けに倒れているようで、塔体の鉄柱に中途半端に絡まっているマフラーの両端が、ひらひらと風にそよいでいる様が目に入った。

そして次第にその映像はフェードアウトし、夢はそこで覚めたのである。

〈嫌な夢を見てしまったな。最近、こんな夢ばかり見ているな〉

そんなことを思いながら、トモカさんはベッドから這い出し、寝室のカーテンを開いた。

曇天の空の下、窓の向こうにはいつものように鉄塔がそびえている。

その鉄塔の地上から十五、六メートル辺りの塔体に、何か黒く長いものが絡み付いているのが目に留まった。

あのような夢から覚めたばかりのことでまさかとは思ったが、だがやはりそれはどう見てもマフラーだった。

それも黒地に所々に白のラインが入った、トモカさんが普段から愛用しているマフラーで間違いはない。

慌てて、クローゼットを開き、トモカさんはマフラーの存在を確かめた。結果、マフラーはどこにも見当たらなかった。

昨日も着用し、クローゼットに確かにしまい込んだ筈の物なのに……。

トモカさんがそんな街で暮らし始めてから、そろそろ一年になる。

今では当初のように鉄塔を見て畏怖することも、関連した夢を見たりするようなことも、ほぼ皆無である。

学校にもこの街の暮らしにも慣れ、トモカさんの中で鉄塔の存在はもう不安の象徴でなくなったということなのだろう。

今では部屋の窓際に腰かけ、目の前にそびえる鉄塔を眺めながら、かつてのメランコリックな感情に陥っていた頃の自分を思い出すことが、なかなかにお気に入りの時間なのだという。

そんな鉄塔には、人の手によって取り外されたのか、それとも強風にでも煽られて、どこかへ飛ばされでもしてしまったのか、もうマフラーは結び付けられてはいないそうだ。

偽物

南田さんが奥さんと小学生の息子さんを連れ、とある大きな旅館に泊まったときの話だという。

南田さん一家が宿泊した部屋はフロント脇の階段を上がり、右手に折れた先の新館にあった。

反対側――左手に折れた先には、旧館へと通じる渡り廊下が伸びていた。

渡り廊下は新館に対して微妙に角度が付いていたり、漆喰《しっくい》の色味が微妙に異なっていたり、段差があったり、些かスマートさに欠ける造りであったという。

そんな廊下の奥には、旧館の入り口が見えた。

入り口の先は真っ暗になっていた。

部屋に案内してくれた仲居によれば、最近では客を通しているのは新館ばかりなのだそうで、旧館の幾つかのフロアはブレーカーを落としており、通常は従業員達も足を踏み入れることがないという話だった。

その仲居は、更にこんな話を付け加えた。

「旧館に立ち入るとですね、その立ち入った人にとってとても身近な人間と出会う——というようなことが時折起こるのですが、それは大抵の場合、偽物であることが多いんですよ」

例えば、旅館で働いているあるパートの女性が不足した鉄鍋を調達する為、旧館の地下の今は使用していない厨房へと立ち入ったことがあるのだそうだ。

懐中電灯を片手に、暗く静まり返った廊下を抜け、幾つかの階段を下った先の厨房で、その女性は自身の父親と出くわしたのだという。

長年勤めあげた郵便局を退職し、今現在はネットで株の売買やら盆栽の手入れをしながら、この旅館から百キロ以上離れた実家でのんびりと余生を送っている筈の父親だった。

懐中電灯の光に照らされた父親は、何を話すでもなく、すぅーと音もなくこちらに近づき、今にも縋りつこうと手を広げかけた。

パートの女性はそんな父親の身体を押しのけ、慌ててその場から逃げ出したのだという。

幾ら何でも、こんな場所で父親と出くわす訳がない！　これはおかしい！　と、目の前の父親とよく似たこの存在が、堪らなく恐ろしくなったのだそうだ。

「——と、こんなことがごくごく稀に起こったりするので、旧館のほうにはなるべく立ち入らないようにお願い致しますね」

仲居さんは、南田さんの息子さんのほうへと顔を向けながら、そう話を締めた。

目の届かないところで備品を壊されたり怪我でもされたりしたら旅館側も迷惑ということで、息子が探検ごっこで旧館のほうに立ち入らないよう、やんわりと予防線を張ったのだろうか？

すっかりと怯えた表情となった息子の様子を見るに話の効果は覿面《てきめん》のようだが、その為にわざわざこんな作り話をしなくても……と、南田さんは事情を察しながらも、このときは少々複雑な気持ちだった。


それは南田さんが息子さんとともに、大浴場に行った帰りに起こった。

「先に部屋に戻ってるね」と、一人駆け出していった息子さんを追うような格好で南田さんはのろのろと階段を上り、部屋のあるフロアまで辿り着いた。

階段を上りきった南田さんは、そこで何げなく旧館へと続く渡り廊下のほうへと目をやったのである。

すると、相も変わらず真っ暗な旧館の入り口に、人のシルエットが浮かび上がった。

背丈からそれが子供であることはすぐに分かった。

そのシルエットは一歩二歩と、こちら側に向かって近づいてくる。

近づくにつれ、そのシルエットの正体が明らかとなった。南田さんの息子さんである。息子さんはじーっと南田さんの顔を見上げながら、とたとたとこちらに向かって駆け寄ってくる。

——そのとき、南田さんの背後から「パパ！」と、息子さんの呼ぶ声がしたのである。

振り返ると部屋の入り口の木戸を開き、息子さんがひょこっと顔を覗かせていた。

驚いて、再び渡り廊下のほうへと顔を向ける。

渡り廊下の側の息子さんは南田さんの足に縋りつこうとするかのように、両手をこちらの膝のほうへと伸ばしかけている。

ただならぬ気配を感じて南田さんは咄嗟《とっさ》に自らの足をばたつかせ、その手を振り払おうとした。

そうこうしているうちに、縋りつこうとしていた息子さんの姿はどこにも見当たらなくなっていたのだという。

「作り話じゃなかったんだな……」

南田さんは、その後、何となく一人きりになることが怖くなり、旅館に滞在している間は家族から一時も離れることなく過ごしたそうである。

笑顔のままで

寿さんは小学五年生まで、毎年の年末年始と夏休みの十日ばかりを、神奈川の山間部にある祖父の家に泊まって過ごしていた。

祖父の家は、古い木造二階建ての家屋だった。

床板の表面に浮き出た年輪が織りなす表情豊かな濃淡やしっとりと品の良い艶のある重厚な柱など、子供ながらにも趣のある良い家であるということは理解していたという。

だからある夏の午後、庭に面したひんやりと冷たい床板の上に寝そべり夏休みの自由課題の彫り物を進めていたときは、とても肝を冷やしてしまった。

手にしていた彫刻刀で、勢い余って床板に大きなひっかき傷を作ってしまったのである。

それは長さ十センチくらいの深い傷だった。

床板の表面には他に一切傷のようなものが存在していなかったので、かなり目立っていた。

傷の上を唾を付けた指先で擦ってみたり、着ていたTシャツの裾で強く磨いたりと、思いつく限りの手で何とか傷を目立たぬようにしようと奮闘してみたのだが、これらの努力はその甲斐なく全くの徒労に……と、これがそうはならなかった。

何が功を奏したのかははっきり言って不明とのことなのだが、ほんの一時目を離した隙に、その十センチ近くもあった大きなすり傷が、綺麗さっぱり消え失せてしまったのである。

ただ、ほっとしたのも束の間のことだった。

何故か床板に傷を付けたことが、祖父にバレてしまった。

傷はほんの数分で消え失せ、その間、祖父は寿さんの父の運転する車で、街へと買い出しに行っていた。

——そう。このとき、祖父の家で寿さんは一人で留守番していたのである。だから祖父どころか他の誰にも傷を目撃されている筈がない。

にも拘わらず——。

傷が消え失せてからものの数秒と経たないうちに、雑に玄関のガラス戸が開く音がし、祖父がずかずかと寿さんのいる場へとやってきて、いきなり寿さんの頬を強く張ったのである。

「○×※▼○♯&×□……！」

祖父はそれまで寿さんが耳にしたことのない聞き取り難い言葉を発しながら、ばしんばしんと何度も寿さんの左右の頬を張った。

その表情は、お小遣いやおやつのどら焼きやらをくれるときの、いつも通りのにこにこした笑顔である。

そんな優しい表情をしているのにもかかわらず、祖父は左手でがしっりと寿さんの肩口を掴み、ぶぉんぶぉんと空を割く音が立つくらいの勢いで、寿さんの頬へとその右手を振り下ろし続けた。

六度、七度と凄まじい衝撃を受ける度に頭が揺さぶられ、次第に意識が薄らぎ、遂には寿さんは床板の上で気を失ってしまったという。


寿さんが父親に肩を揺すられ目を覚ましたのは、日の暮れかけたおよそ二時間後のことであった。

心配げに見下ろす父親の顔の後方には、これもまた心配そうに寿さんの顔を見下ろす祖父の顔もあった。

また頬を張られるのではと恐れた寿さんは、涙をこぼしながら「ごめんなさい！　ごめんなさい！」と祖父に向かって謝罪し続けた。

だが祖父も父親も、どうして寿さんが謝っているのか分からない様子だった。

聞けば、このときの祖父と父親はたった今帰宅したばかりだったのである。

寿さんが顔を腫《は》らし、口の端やら鼻やらから血を流して倒れている姿を見つけ、二人は慌てて駆け寄ったところだったのだ。

この後、寿さんは自分の身に起こったことを、祖父と父親に語って聞かせたという。

たどたどしく語る寿さんの話に耳を傾けながら、祖父と父親は「そんな筈はない」、「それは何かの間違いだ」と何度も否定を繰り返した。

祖父は外出中、ほぼずっと父親と一緒に行動しており、よって祖父が一人家に戻り、寿さんの頬を張るような真似などできる訳がない——こう言うのである。

どんなに急いでも家に戻るのには片道二十分以上は掛かる。数分程度目を離したことはあっても、流石に往復分の四十分以上、顔を合わせなかったことなどない、と父親は強く主張した。

この件以降、寿さんは祖父のことが怖くなってしまい、どことなくその関係はギクシャクとしたものになってしまった。

どう思い返してみても、寿さんの頬を張った者の顔は間違いなく祖父であった。

幾ら口でそれは祖父ではないと説得されても、そう簡単に受け入れることなどできなかったのである。

寿さんはその夏以降、祖父の家に滞在することを止め、以後、祖父と顔を合わせる機会があっても、よそよそしく挨拶をするだけになった。

それからおよそ四年後に、祖父は亡くなった。

「お前が訪ねてこないって、とても寂しがっていたんだぞ」

葬儀の席で父親にそう聞かされ心は痛んだそうだが、それでもあのときの〈にこにことしながら頬を張る祖父〉の顔が脳裏を過ぎり、寿さんはまともに遺影を見ることができなかったのだという。

顔そぎ

一昨年のこと。長い間、肺を患っていたフミコさんの旦那さんが亡くなった。

還暦を越えたばかりでの逝去であったという。

晩年は数分置きに苦しそうに背中を丸め咳き込んでおり、秒を追う毎に衰弱していくかのようなその様は、見ていてとても辛かったそうである。

入院を拒み、家にずっと引き籠もっていたままだったというそんな旦那さんが、死の間際に頻繁に行っていた行為が一つある。

顔そぎだという。

旦那さんに言いつけられ、フミコさんが魚屋で買い求めたどじょうから始まった。他に庭先で捕まえたカエルやヤモリ等々も広いまな板に並べ、まだ生きたままのそれら小さな生物の顔を鋭利な出刃包丁を使いゆっくりゆっくりとそぎ落としていくのだそうだ。

顔をそがれ、血に塗れてひくひくと痙攣《けいれん》する小さな身体と、完全に切り離されて見る見るうちに精気が抜けていく顔部を見やりながら、旦那さんは呟くのだという。

「生とは、苦しみを知ることに他ならないんだ。もし仮に、一切の苦しみを得ることがないままに一生を終えた生物がいたとしたら、そいつは決して生きていたとは呼べないな。生を意識しないままに死んでしまうことは、とても不幸なことなんだよ」

――ここにいるこれら生物達も、こうして顔をそがれている間、生というものを存分に堪能しているに違いない。今の自分と同じようにね。

自身の苦しさを紛らわす為の無益な殺生であったのだろうか？　それとも自身の死期を悟り、精神を病んでしまったのだろうか？

フミコさんの胸の内には、当然、恐れと戸惑いがあった。

だが、フミコさんは、酷い行為だと思いながらも、そんな旦那さんを咎めることができなかった。

そして、こんな行為を二週間ばかりも続けているうち、旦那さんは逝ってしまったのである。

そんな旦那さんが、深夜、寝ているフミコさんの枕元に立つ。

晩年のまだ記憶に新しい痩せ細った身体に、寝間着代わりにしていたよれた開襟シャツを羽織った格好であるのだが、顔がないという。

頭部はちゃんと存在しているのだが、耳から前方の顔面の部分が黒く塗りつぶされているかのように、視認することができないのである。

旦那さんは数秒ほど佇立した後、フッと煙のように消え失せる。

そして幾晩か間を開けた後、再び枕元に立っている。

このようなことが夜な夜な、繰り返されているという。


旦那さんが姿を現すと、フミコさんは必ず仏壇の前へと赴き、「向こうでどのようなことが起きたのかは分かりませんが、どうか早く成仏なさって下さい」と、手を合わすようになった。

そして〈ひょっとしたら、あんな行為、見過ごすべきではなかったのでは？〉と、決まって自責の念に駆られ、暗い気持ちで再び床に就く。


頻度は減りつつあれど、未だ旦那さんは現れるという。

暑いのは苦手

佳恵さんはお婆ちゃん子だった。

これには佳恵さんの母親が勤め人であったことも関係しているのだが、幼い時分に家族の中で一番長い時間をともにいることが祖母であったという理由が大きい。

一日の大半の時間を祖母の部屋で過ごしていたのだそうで、今でも隅々まで掃除と整理の行き届いたその八畳間の様子を、はっきりと頭の中に思い描けるほどだという。

祖母はいつも和装だった。

中でも暑い季節になると身に着けていた薄灰色に綾柄の入った薄手の着物が、大のお気に入りであったようだ。

膝の上で絵本を読んでもらったり、耳掃除をしてもらったり、じゃれついたり——そんなふうにして祖母の身に着けている着物に触れると、ひんやり、そしてさらさらとした手触りが大変気持ちよかったそうである。

加えて記憶に残っているところでは、その着物に目を近づけてみると布地の至る所に微少な粒々のようなものが無数に存在しており、それが佳恵さんの興味を惹いた。

「あっ！　ゴミが付いてるよ？」と思い、佳恵さんは爪を立てて、こりこりと布地表面を引っ掻いてみる。だがそれらは一向に取れる気配はない。

そんな佳恵さんの行為を眺めながら祖母は、「それはゴミじゃないの。この布はねぇ、何本もの短い繊維を何本も紡いでできた糸を織って作っているの。その紡いだ結び目がこれ。だからこりこりしちゃダメ、ね？」こんなふうに諭してくる。

祖母の着物に使われている生地が〈芭蕉布〉と呼ばれるものだと認識することになるのは、佳恵さんが大人になってからのことだったそうだが、その独特の手触りは感覚として深く印象に残っていたそうである。

そんな祖母が、佳恵さんが小学六年生のときに亡くなった。

体調を崩し、十日ばかり寝たきりが続いた末の呆気ない死だった。

祖母の部屋の障子を開いた先。その西日が照り付ける庭に、枕の上の頭だけを向けながらぼそりと漏らした、「ほんとに……暑いのは苦手よ」という一言。それが佳恵さんが最期に耳にした祖母の言葉だった。

七月の、むしむしと汗ばむ日のことであったという。

佳恵さんにとって、その喪失感ははかり知れないほどに大きなものとなった。

御飯はろくに喉を通らない。夏休みに入ったにもかかわらず、どこかに遊びに行く気力もでない。

このような日が何日も続いた。

加えて、寝つきも悪くなっていた。

いや、寝つきが悪くなった、は不正確である。正確には、うとうとと眠気が襲ってくると、佳恵さんのパジャマから露出した手首の先やら膝下やらに何かが触れる感覚がして、ぱちりと目が覚めてしまうのだった。

佳恵さんの肌に触れてくる物――その感触は、亡くなった祖母が身に着けていた着物の生地とよく似ていた。

薄く、ひんやりとした手触り。

夢うつつの中でその正体を探ろうと、佳恵さんの指先が生地を撫でる――と、指先は生地の表面に付いた微少な粒々を捉える。

その馴染みのある感触に、佳恵さんは、（お婆ちゃん……なの？）と、がばっと身を起こし、枕元にあるスタンドの電気を点ける。

しかしもうこの時点で、佳恵さんの肌に触れていたものはどこにも見当たらない。

（タオルケットの生地と勘違いしただけなのかな？　でも指先に感じたあの感触は……）

そう思いながら、自分の掌に目を落とす。

するとその汗で湿り気を帯びた指先が、煤けたように薄らと汚れている。

そんな掌の汚れを見て、毎度のように佳恵さんの頭の中には、祖母の火葬が執り行われた日のことが、ぱっ、ぱっ、とフラッシュバックした。


それは、まずはがらんと白く広い式場——。

その中央で、祖母の棺を取り囲むようにして佳恵さんら親族が最期の対面を行っている。

佳恵さんは棺の中に一輪の白菊を捧げながら、冷たくなった祖母の顔を見下ろしている。

その肩口には、綺麗に折りたたまれて置かれた、祖母のお気に入りだったあの芭蕉布の着物。

祖母の棺の頭の数メートル先には、火葬炉が見える。

（お婆ちゃんはこれからこの中に閉じ込められて焼かれてしまうのだ。ああ、もうこれで最後なんだ。お婆ちゃんと本当の本当にお別れなんだ。燃えちゃうんだ。ただの灰になっちゃうんだ……）

深い悲しみと、そしてそれに劣らぬ強烈な不安と恐ろしいという気持ち。

お別れが済み火葬場の職員によって閉じられた棺は、次いで火葬炉へと押し込まれていく。

がこんと閉ざされる、重々しくも無機質な火葬炉の扉。

佳恵さんはどんどんと気分が重く、そして悪くなっていく。

この後、火葬が済んだ後の拾骨の場にて、火葬炉から引き出された祖母の遺灰を目にした佳恵さんは気を失ってしまう。

――何故、今お婆ちゃんの火葬の日のことを思い出すのだろう？

指に触れた感触が、お婆ちゃんの着物を連想させたからなのだろうか？

指に残った汚れが、お婆ちゃんの遺灰を連想させたからなのだろうか？

佳恵さんは、この年の夏一杯、布団の上で何度となくこのような不可思議な現象を体験し続けた。

その度に火葬の日の出来事を思い返し、こんな自問自答を繰り返していたのだという。

そして現在。

二十代半ばとなった今では、最早、このような現象を体験することはない。

今当時を振り返ってみれば――。

大好きだった祖母の死のショックがあまりに大き過ぎて、色々と情緒不安定になっていたのだろうと佳恵さんは自己を分析する。

祖母の死自体は勿論、葬式やら出棺やらの、まだ当時の佳恵さんにとっては馴染みのなかった物々しい体験の数々。

それらが、一時的な精神の疲弊を生んだのではないのかと。

まだ祖母の死にきっちりと実感が持てないままにことは事務的に進み、結果、祖母は棺の中でただの灰となってしまったという事実に対する、割り切れない想い。

このような憔悴《しょうすい》しきった心の在りようと、ある種の不満、やるせなさが、あのような現象を引き起こしたのではないのかと。


「私色々とお子様だったんですね。きっと」

最後にこんな言葉で話を締めた佳恵さんは、最近になって、芭蕉布の着物を仕立てたという。幼少期にこのような体験があった為に、祖母の最期の言葉ではないが、佳恵さんも倣って暑い季節が苦手になってしまったのだそうで、そんな気分を一掃しようと思い切って奮発したとのことなのだが――。

祖母のようにはいかない。全く似合っていない、と笑っていた。

庇の上の影

良子さんが暮らす古い平屋の日本家屋では、稀に次のような出来事が発生していた。

それは例えば、よく晴れた夏の日のとても日差しの強い午後に起こった。

傾きかけた太陽の塩梅《あんばい》で良子さんの家の庭に面した庇《ひさし》から影が伸び、庭の手前を黒く覆い始めると、その影の端のほうに更に人の影のようなものが加わることがあった。

影は、まるで庇の上に誰かが屹立《きつりつ》しているようにも見える。それは暫くすると、そのまま庇の上を抜き足差し足で歩き出すかのように、ゆっくりと真横に移動し始める。

その動きに合わせて僅かばかりにかたかたと、庇の上に張られた瓦を踏む音が立つ。

ところが影は見えるのだが、実際に庭に出て庇の上を確かめてみても、そこには誰もいない。

姿は見えないが瓦を踏む音は庇の上から屋根のほうへと移動し、暫くの間、聞こえ続けている。

当時、一緒に暮らしている良子さんの年老いた母親は、それは祖父の影――良子さんにとっては曽祖父に当たる人物――ではないかと睨んでいた。

聞けば、良子さんの曽祖父が存命の頃は、今現在は業者に依頼している瓦の点検・交換・修復を自身の手で行っていたのだそうで、その際にはまず庇に梯子を掛け、屋根に上るのが慣例だったのだという。

良子さんの母親は、屋根の上から度々聞こえてくる音の、耳にこそばゆい感じが結構お気に入りだった。だから、この音の推移と響き方には耳馴染みがあり、すぐに祖父の顔が浮かんだのだそうだ。

――これって、日差しの強い夏の日だから起こるものだと思ってたんだけど、お盆近くのこの時期だから、とも言えるのよね。

こう思い至ってからは、「家の中ではなく屋根の上に現れるというところが、おじいちゃんらしいわね」、と良子さんの母親は微笑み、毎夏、影が現れ瓦が鳴り出すと昔を懐かしむかのように、じっと耳をそばだてていたという。

だが、そんな良子さんの母親が亡くなってからは、影が現れることも瓦を踏む音が立つことも一切なくなってしまった。

「この家には、もう誰一人として生前の曽祖父の姿を知る者はいない。だから、きっともう戻ってくる理由がなくなってしまったんだろうね」

家にたった一人残された良子さんは、そんなふうなことを仰っていた。

或る物音

佳奈さんはずっとある物音に悩まされ続けていた。

深夜、寝ている佳奈さんの耳元に、ぐしゅんぐしゅん、と湿り気を帯びた微かな物音が度々飛び込んでいたのだという。

微かではあっても、しーんと静まり返った部屋の中ではとても耳障りだった。

物音は佳奈さんの周りを何周もするように、長いときには十数分続くこともあった。

物音に気付き、〈一体何なんだろう?〉と、音のするほうに顔を向けようとしても、そんなときは決まって金縛りにでも遭っているかのように身体が言うことを聞かず、瞼を開くことすらままならない。

ごく稀に辛うじて瞼が開き、音のするほうへと顔を向けることができても、そこには佳奈さんの部屋の壁やら薄暗い虚空があるだけで、他には何も見当たらない。

この物音に悩まされ始めたのは、小学校の高学年頃のこと。以来、この物音は週に一、二度くらいの頻度で延々と続いた。

両親に一度話してみたことがあったが、気のせいだとか寝ぼけているからだとか言われて、真面目に取り合ってはもらえなかった。

以後は誰に相談することもなく、ただただその物音に耐え忍んだ。週に数回、十数分間だけのことなのだから――と、我慢し続けていたのだという。

物音の正体はずっと分からないままだった。


この物音からようやく解放されたのは、佳奈さんが二十六歳になったときのことだった。

物音は何の前触れもなしに途絶え、それからは一週、二週、三週、更には一カ月と経ってみても、全く耳にすることはなくなった。

丁度この頃、佳奈さんは一年ほど交際を続けていた相手からプロポーズを受けていた。

佳奈さんは幸せの絶頂にあったそうで、そのような充実した気持ちがあの物音を吹っ飛ばしてしまったのだろう、と一時期はそんなふうに考えもしていた。


佳奈さんが相手方の両親に初めての挨拶に出向いた際のこと。

東京都下の静かな住宅街に建つ小綺麗な一軒家。

玄関先で出迎えてくれたのは、共に六十代半ばくらいの父親と母親だった。

口数が少なく、気の弱そうな母親に対して、父親は社交的なタイプなのか賑やかな人だった。

肌は日に焼けて黒く、体躯は年齢を感じさせないくらいに、がっしりとしていた。

ただ、その父親の右足は義足であった。

実は、相手方の父親が先天的な脛骨欠損症により右足を失っていることについては、事前に聞かされてあった。

よって佳奈さんは心の準備はできてはいた筈であったのだが、いざ相手方の父親と対峙した途端にとても動揺してしまっていた。

何故なら、その父親が歩く度に立てる音が、佳奈さんが長年布団の中で耳にし続けていた物音とそっくり同じだったのである。

「数日前から義足の調子が悪くて、歩く度にバルブから音鳴りが……ね」

そんなふうに弁明しながらこちらの顔をじっと見つめ返す、間もなく義父となる男性の爛々《らんらん》と開ききった瞳孔――。

この瞬間、ただただ素晴らしいものになるであろうと信じ込んでいたこの先の結婚生活に、僅かながらに陰りが差したような――そんな気がしたという。

化け物が二匹

〈化け物が二匹〉という遊びを御存じだろうか？

ネット検索を掛けても、それらしい書き込みが一件も見当たらなかったことから、局地的に行われていた遊びであることには違いない。

ひょっとしたら、名称違いでほぼ同ルールの遊びが世の中に幾つか存在しているのかもしれないが、筆者は今回、この話を伺うまで全くの初耳であった。

九十年代末期、関東のとある公立中学校の中で流行っていたという、通称〈ばけに〉と呼ばれていたその遊びのルールは、話を聞く限り至ってシンプルなものである。

端的に言えば、所謂、鬼ごっこの発展型である。

四人以上であれば何人でも参加は可能で、寧ろ参加人数が多ければ多い程白熱するという。


まずは、参加者内で、くじを引くことからこの遊びはスタートする。

くじには三つの役が記されている。

〈人間〉と〈化け物〉、そして〈化け人《ばけびと》〉と称される三種である。

参加人数により調整する場合もあるが、基本は、〈化け物〉と〈化け人〉が、それぞれ一人ずつ。残りは全て〈人間〉となる。

〈化け物〉が鬼ごっこで言うところの〈鬼〉の役割である。

くじを引いた後、〈化け物〉の役を引いた者は、自分が〈化け物〉であると名乗りを上げる。残りのプレーヤー達は名乗る必要はない。というより、名乗ってはいけない。

〈人間〉達は、その名乗りを上げた〈化け物〉に捕まらないように、学校の敷地内を逃げ回る。

〈化け物〉に触れられ、「お前はもう俺の胃の中だ」と言われたらば、その時点でこの〈人間〉はゲームオーバーである。

〈化け物〉が、時間内に全ての〈人間〉を捕食してしまえば〈化け物〉の勝ち。時間内に一人でも〈人間〉が生き残っていれば〈人間〉側の勝ちとなる。

さて——。

ここまで聞いただけでは、単なる鬼ごっことさして変わるところのないこの遊び。

実はこの遊びのキモは、〈化け人〉という役に掛かっている。

〈化け人〉とは、〈人間の中に紛れている化け物〉という意味である。

〈化け人〉は、自分の正体がバレないよう、終始〈人間〉のふりをし続けていなければならない。

そして隙を見つけて、〈人間〉を捕食するのである。

具体的には、〈化け人〉が〈人間〉の背中に触れ、「俺が化け人だ」と自身の正体を打ち明けると、その〈人間〉は〈化け物〉に捕食されたのと同様の扱いとなり、ゲームオーバーとなる。

つまり〈人間〉は、〈化け物〉にだけ気を配るのではなく、逃げる側の中に隠れ潜んでいる、この〈化け人〉の存在も警戒しなければならない。

但し、〈化け物〉に比べると、この〈化け人〉の力は限りなく弱い。

〈化け人〉は〈人間〉と同様に、〈化け物〉に捕食される対象であり、また、生きている〈人間〉に正体がバレてしまえば、その時点でその〈化け人〉はゲームオーバーとなってしまう存在でもあるのだ。

例えば、自分の役が〈人間〉であった場合に、〈化け人〉が仲間の〈人間〉を襲っている瞬間を目撃する機会があったとするならば、その〈化け人〉の背後を取り「化け人発見！」と叫んでやればいい。そうすれば、その〈化け人〉は〈人間〉に狩られた扱いとなり、即退場である。

尚、〈化け人〉に捕食された〈人間〉が、生き残っている〈人間〉に対し、その〈化け人〉の正体を知らせることは、勿論、ルール違反とされている。

まとめると〈化け人〉の役となった者は、〈人間〉が校舎の裏手や用具置き場の影で、一人でひっそり隠れているような所を狙い、そっと背後に回り捕食しなければならないということになる。

そして、〈人間〉が全て捕食され、残った最後の一人が〈化け人〉となった場合に限り、勝者が〈化け物〉でも〈人間〉でもなく、この〈化け人〉となるのである。


この〈ばけに〉の存在を教えてくれた加々本さんは、実際に中学生の頃にクラスの仲間達と頻繁にこの遊びに興じていたそうである。

そして、そんな〈ばけに〉の最中、以下のような奇妙な体験をしたことがあるのだという。


それは、とある昼休み。

加々本さんは〈人間〉役だった。

校庭の隅、幾本かの木々が生い茂っている木陰の中にしゃがみ込み、他のプレーヤー達の動向をじっと探っていた。

〈化け物〉は、クラスの中でも特に足の速い男子。昇降口や鉄棒の脇、サッカーゴールの裏等々で、次々と仲間の〈人間〉達が捕食されていく。

足の勝負となれば、分が悪いことは明白だった。

捕食されない為にはこのままじっと息を殺し、時間までこの場に身を隠し続けているより他に、手段が思い浮かばなかった。

ただ、梅雨明けの夏間近のこの時期、少し駆け回っただけで制服のシャツがべったりと肌に張り付く程の気温である為、じっとしているだけでもじわりと額や脇に汗が湧いて不快だった。

加えて、やぶ蚊が纏わり付いて鬱陶しい。

草木の豊富なこのような木陰であるから、その数も多い。

〈化け物〉の存在よりも、数秒置きに耳元で不快な羽音を立てるこのやぶ蚊どもが、どうにも気になってしまう。

無心になって、集《たか》ってくるやぶ蚊を払いのける――と、何か途端にその場の空気が重く、暗くなった瞬間があった。

そして先程から事ある毎に耳に付く、ぷーんという蚊の羽音に混じって、甲高い声がすぐ背後から聞こえた。

――バケビト、デス。


その声に、加々本さんの全身が粟立った。

いつの間に背後を取られたのか？

それに……この声の主は一体誰だ？

以前、授業で観た映画の中の、玉音放送の音声のような声なのである。

こんな異様な声質の持ち主など、全く心当たりがなかった。

クラスメイトの誰かがふざけて声色を変えているだけなのだろうか？

振り返れば、仲の良いクラスメイトの、してやったりの笑顔がそこにはあるのだろうか？

だがしかし、この後ろは確か……。


――ボゲビボォ、ベス。

また声がした。

今度は、水中で溺れながらに発しているような声である。

そして同時に、背中に何かが触れた。

人の手の感触ではない棒状の、もっと固い何か。

身体が硬直しており、何の反応も返すことができない。

声を発することすら叶わない。

背中に感じる異様な圧に、ガクガクと膝が笑い始める。

加々本さんが、そのままどうすることもできないままに身を固めていると、ごつ、ごつ、と背後の者が、こちらを向けとばかりに何度も背中を小突いてくる。

十回近く小突かれた後、背後の圧が少しずつ遠のいていくように緩み、そして消えた。

加々本さんは更に三十秒程の時間を置いてから、ようやく後ろを振り返ることができたという。

後ろには、誰の姿もなかった。

いや、当然なのだ。最初から、背後に誰かが入り込む余地などある筈がないことは、分かりきっていたのだ。

何故なら、加々本さんの背後の数センチ先は、塀。

そう。加々本さんはずっと学校の敷地を取り囲む高さ三メートル近いコンクリート塀を背にしながら、この木陰に潜んでいたのだから。

後でクラスメイトに指摘され気付いたことだが、加々本さんの身に着けていたシャツの背中には、何匹もの叩き潰された蚊が貼り付いていた。

それらは恐らく、この木陰で背中を小突かれていたときに付いたものと見て間違いないだろう。

これに近い体験を加々本さんだけではなく、〈ばけに〉を遊んだことのある数人のクラスメイト達も経験したことがあるのだという。

どん！　どん！

サチエさんは息子さんのことで頭を悩ませ続けている。

ここ数年、息子さんはずっと二階にある自室に引き籠もったままであったのだという。

息子さんはかつて工業高校卒業後に、とある町工場に就職していた。

だが、その町工場の上司や先輩達から、毎日のように恫喝に近い罵声を浴びせられたことが原因で心を病み、入社から一年も経たず工場を辞めてしまったのである。

以来、他人を極端に恐れるようになり、再就職はおろか外出すらすることもなくなってしまった。

サチエさん達、家族に対しても顔を合わせることを嫌い、自分の部屋から出てくることもほぼなかった。

食事は自室でサチエさんが用意したものを摂り、部屋から出てくることは排泄以外には月に何度かの入浴時くらいのもの。

勿論、言葉を交わすことなど殆どない。

このような状態がおよそ五年近くに亘り続いたそうである。

その間、息子さんが部屋の中で何をして過ごしていたのかは分からない。が、ただ一点。偶に息子さんの部屋から、どん！　どん！　と、床を蹴りつけでもしているかのような大きな物音が聞こえてくることがあったのだそうだ。

それは町工場の上司や先輩に対する怒りだったのかもしれないし、ひょっとしたら現状の自分に対する叱咤だったのかもしれない。

ただそんな息子さんの気持ちを確かめることの叶わないサチエさんには、その物音が悩み苦しんでいる息子さんに対して何の救いの手も差し伸べることができない、自分に向けられた怨嗟《えんさ》であるとしか思えなかったのだという。


このままでいい筈がない――ずっと腫れ物に触れるような接し方を続けていたサチエさんの旦那さんが意を決し、息子さんを無理やり部屋からひっぱり出し、知り合いに紹介された禅寺に預けたのがごく最近のこと。

「もっと早くこうしておくべきだった」

大きな胸のつかえがようやく取れたかのように、旦那さんはそう呟き、心からほっとしたような表情を浮かべていたそうである。

ただ、サチエさんは些か強引であったそのやり方に、かなり胸を痛めたという。

こうして家の中にはサチエさん夫婦の二人以外に、誰もいなくなった。

そう。今現在、確かに家に息子さんはいない。

にも拘わらず、サチエさん宅内では、未だに、どん！　どん！　と、音が響き渡り続けている。


昼下がりの、一階のキッチンで洗い物をしている最中に。

夕方の、リビングで友人と電話で話している最中に。

或いは寝室で就寝中の、午前一時を回った深夜に。


昼夜を問わず、物音はランダムな間隔を置いて鳴り響く。

物音が聞こえてくる息子さんの部屋を覗いてみても、中には当然、誰もいない。

家具が倒れている様子もないし、床に物が落ちたという形跡もない。

その他、部屋中を隈なく調べまわってみても、物音の原因となるようなものは何も見つかってはいない。

それなのに物音は、昨日も今日も響いている。

「この音は、息子の心の奥底に蟠《わだかま》っている、苛立ちと憎悪の現れなのです」

部屋から無理やり追い立てたことに怒り、何もしてあげられなかった私のことを息子は憎み、そして恨んでいる——。

物音に対するこのような一方的な思い込みによる気疲れが祟り、サチエさんは動悸《どうき》、脱毛、立ち眩《くら》み等、少しずつ心身に変調を来しつつあるという。

一緒に暮らしていた

靖子さんは専門学校に入学したことを機に、実家を出てアパートでの一人暮らしを始めた。

家賃月六万程の、一DKの二階の角部屋であったという。

引っ越ししたばかりの頃、その新しい部屋に、高校時代の仲の良い友人二人を招いたことがあった。

夕ご飯はみんなで一緒にインドカレーを作ったり、デザートにシフォンケーキを焼いたり——。

友人二人は、このまま靖子さんの部屋にお泊まりする予定だった。

食後、入浴を済ませ、寝室に置かれた洒落たコーヒーテーブルを囲み、あれこれと話し込んでいるうち、時刻は深夜の一時を回っていた。

話に花が咲き、このまま夜更かしになりそうな雰囲気の中、フッと電気が消え、部屋の中が真っ暗になった。

「ブレーカー？　それとも停電かなぁ？」

誰ともなくそんなことを口にしながら、それぞれスマホの画面で辺りを照らした。

――ガシャン！

突然大きな音が部屋一杯に響き、三つのスマホの明かりのうちの一つが、吹き飛ぶように消失した。

更に、ガシャン、ガシャンと、大きな音が二度、三度と響き始める。

二つだけになったスマホから放たれる乏しい明かりの中、薄ぼんやりと音の正体が見て取れた。

友人のうちの一人が、ガラス製のコーヒーテーブルの天板に、自身の顔を打ち付けていた。

深いお辞儀を繰り返すかのように、ごつ、ごつ、と勢いよく振り下ろし続けていた。

衝撃で天板の上の人数分の陶器のカップが、派手な音を立てて、跳ね、倒れ、そして転がり落ちた。


唐突に電気が戻り、ぱっと部屋の中が明るくなった。

同時に、テーブルに顔を打ち付けていた友人の動きも止まった。

見るに堪えない酷い顔がそこにはあった。

鼻は歪に横に折れ曲がり、両目はぱんぱんに腫れ上がった瞼によって塞がれ、口元は血まみれで呼吸する度に赤い泡が立っていた。

——と、そんな友人の長い後ろ髪が、くしゃくしゃと乱れ始めた。

「……やべで」

怯えた様子でそう一言口走った瞬間、それまでとは比べ物にならないくらいの勢いで、友人はコーヒーテーブルの天板めがけ、もう一度〈お辞儀〉をした。

ごきっという嫌な衝撃音を一つ残し、友人は天板の上に伏せったまま、動かなくなった。


その友人は鼻骨骨折に加えて、上前歯二本を失った。

救急搬送された先の病院で、「とぼけんな！　あんたらが髪を鷲掴みして、あたしを叩きつけたんだろうがよ！」と、友人は付き添っていた靖子さん達二人を、怒りを露わに何度も罵った。

濡れ衣だったが、どんなに違うと言い聞かせても、友人は頑として信じてはくれなかった。

この件をきっかけに、これら高校時代の友人達とは、ぷっつりと関係が切れた。

怪我を被った友人とは勿論、もう一人の友人とも気まずい空気となり、その後は一度も連絡を取り合うことはなくなってしまった。

——どうしてこんなことになってしまったのか。

靖子さんはただただ戸惑うばかりだった。


それから二カ月ばかりが経ち、靖子さんには専門学校での新たな友人ができ始めていた。

ある日、特に仲の良くなった友人の一人が、靖子さんの部屋に遊びに来ることになった。

学校が終わり、その友人を伴いアパートに戻った。

玄関のドアを開き、ダイニングキッチンを抜け、その奥の寝室へと友人を招き入れる。

薄いレースのカーテンを通して夕日が差し込んでいる部屋の中、ふと違和感を覚え、靖子さんの視線が蛍光灯の紐へと向いた。

まっすぐに垂れ下がっていて然るべき紐が、不自然な形に弛《たる》み、宙で静止していた。

——まるで蛍光灯の真下に、見えない誰かがじっと立っているような……。

そんなことを思った瞬間、ゾッと鳥肌が立ち、靖子さんは友人の手を引いてすぐに部屋を飛び出した。

靖子さんはようやくこの部屋が普通ではないことに気が付いたのだという。

靖子さんのアパート暮らしは、僅か三カ月足らずで終了した。

誰かを招き入れる度に、自らの存在を誇示する何者かが潜む部屋――。

とある駅から徒歩十数分程の高速道路の高架沿いのアパートに、その部屋は今もあるのだという。

スミラブ剤

御夫婦でラーメン屋を開業した小菅さんから伺った話である。

某有名店で十年近く修行した後、小菅さんは念願叶ってようやく独立を果たした。

そして自分の店を開店する為に幾つかの候補の物件を見て回り、結果、気に入ったのが大きな街道沿いに建つ今現在の店舗だった。

以前は中華料理屋であったという手頃な広さの物件で、ほぼ居抜きのような形で開業したのである。

だが、開店から数週間程経ってみて、〈これは失敗してしまったかもしれない〉と、この物件を選んだことを少々後悔し始めたのだそうだ。

兎にも角にも、チョウバエの数がすごかったのだという。

昼夜問わず、店の中を、何十匹ものチョウバエが飛び回る。

当初は殺虫スプレーを買い込み、その姿を見かける度に小まめに退治していたそうなのだが、十数分と経たないうちに別のチョウバエが店内の壁に五匹、六匹と止まっていたりする。

これでは調理に身が入らない上に、客の印象も悪くなってしまう。

そのままでは、保健所の指導が入ってしまいそうな程の惨状に、小菅さんはすぐに対策を講じ始めたのだそうだ。

発生源を潰さなければきりがないと、シンク下の排水管周りやガス台や冷蔵庫の周囲の隙間、トイレのタンク等の疑わしき箇所に、チョウバエ撲滅用のスミラブ剤と呼ばれる粒剤を使用することに決めたのである。

業務用の駆除剤なので、通常の殺虫スプレーよりもずっと強い効果が期待できるものなのだという。

使い方は、粒剤を適量の水で希釈して散布する。

その希釈したスミラブ剤を霧吹きに詰め、まずはシンクと調理台の僅かな隙間に向け小菅さんは薬液を吹き掛けようとした。

するとどうした訳か、ノズルから薬液が吹き出てこない。ハンドルを何度握ってみても、すこすこと空気が漏れ出る音だけがする。

壊れた霧吹きに薬液を詰めてしまったのかと、別の霧吹きを用意し、再びシンクと調理台の隙間にノズルを向けると、今度はその手にしていた霧吹きのボトル部が、ぱんと大きな音を立てて破裂してしまった。

そして更には――。

残りの希釈した薬液を入れておいた、容量二リットルのペットボトルの底が抜け、気付かぬうちに、中の薬液が全て漏れ出てしまっていたのだという。

まるで、スミラブ剤を散布することを、何者かに妨害されているかのような事態が続き、小菅さんは少々気味が悪くなったのだそうだ。

仕方がないので、またスミラブの粒剤から薬液を作ろうとした。その途端、今度は粒剤の入っている袋自体が〈ぱん〉と音を立てて弾けた。

手にした袋を見ると底に穴が開いていた。その穴からさーっと粒剤が漏れ出していた。

結局、スミラブ剤とは別の駆除剤を改めて購入し直し、そちらを散布することにしたのだという。

結果、店内をチョウバエが飛び回ることはなくなった。

だが、どうにも気になって仕方がなかったという小菅さんは、その後、再びスミラブ剤を購入し厨房内に散布しようと試みた。

新たなスミラブ剤の薬液を、厨房の中へと持ち込んだ瞬間のことである。

その途端に、ガス台の上のたっぷりのお湯に満たされた寸胴が、がたりと倒れて床に転がり落ちたのだそうだ。

寸胴には一切触れてはいなかった。

例え触れていたとしても、中身が入っている寸胴は十キロ近い重さがある。よほどの力を掛けない限り、押し倒すことなど不可能な状態であったにも拘わらず、である。

ここに来て、怯えよりも苛立ちの感情がふつふつと湧き上がってきたという小菅さんは、転がり落ちた寸胴付近を中心に、手にしていたスミラブ剤の薬液を強引にぶちまけたのだそうだ。

そして更には霧吹きを用意し、その中に詰めた薬液が全て空になるまで厨房内の至る場所に散布しまくった。


そんな小菅さんのお店は、今現在、徐々に客足も増え、ようやく軌道に乗り始めたところである。

そしてスミラブ剤散布の効果によるものなのか、散布直後にこそ厨房の蛍光灯が一本、ぱりんっと音を立ててひびが入りはしたものの、それ以降は特に変わったことは起きておらず、今に至っても、店の中は正常清潔を保てている。

——と、以上の話から、どうやらスミラブ剤とは、チョウバエのような害虫にだけではなく、霊的なものにも何らかの効果を示す代物であるようなのだ。

よって、もし霊的な現象にお困りの方がおられるならば、小菅さんの話を参考にスミラブ剤を散布してみるのも手なのかもしれない。

但し、何らかの妨害を受ける可能性もあり得るようなので、くれぐれも自己責任で。

もつれ

早紀さんの同僚の万里香さんが会社を辞めた。

今現在は東京を離れ、岡山の実家に戻っている。

退職の理由は、表向きは故郷で両親の商売の手伝いをする為、とのこと。

だが、その本当の理由を早紀さんだけは、万里香さんの口から聞かされていた。

大学時代から付き合いを続けていた彼氏と別れたから——これが真の理由であるという。


十年以上に及んだ長い交際であったそうで、末は結婚と当然万里香さんは考えていた。

だが相手の男性はなかなか結婚しようとは口にしてこない。

万里香さんが暗に仄めかすようなことを口にすれば、途端に面倒臭そうな顔になり話題を逸らしてばかり。

気付けば三十歳を超え、更に一年、二年、と月日は経っていく。

じりじりと不安を募らせ続けた万里香さんは、遂に自らの口から私と結婚する意志があるのかどうか、はっきり問い質した。

——いやぁ俺、一生独身貫き通すつもりだからぁ。貯金も殆どないし。つか、ずっとこれまで通りの関係を続けてくだけでお前も気楽でよくね？

別に悪びれるでも、申し訳なさげにするでもなく、いつも通りの軽い口調で万里香さんの彼氏はこんなふうに返してきた。

ここまで長く付き合い続けてきた相手。性格から癖、好きな物嫌いな物、大抵のことは理解しているつもりだった。だから表面ではどんなにつっけんどんな態度を取っていても、芯では私のことを大切に思ってくれている、愛してくれている、きっとそのうちに「一緒になろう」、こう言ってくれる筈……そうずっと信じ込んでいたのである。

よって、彼氏の口からこれらの言葉を耳にした瞬間の絶望感は、途方もないものだった。万里香さんは泣きすがったり、喚き散らしたりもした。だが、それでも相手の態度や返事は何ら変わらなかった。

果てには事態は醜い言い争いへと発展し、結果、二人は別れるに至った。

社内で一番仲が良く、よく食事や飲みに行く間柄だったという早紀さんだけにこの真実を打ち明け、そして万里香さんは辞職した。

もうこっちで生活していく気力はない——そう言い残して、傷心した万里香さんは東京を去ったのだという。

東京と岡山。お互いに離れ離れになっても、早紀さんは電話やメールなどを通じて万里香さんとの交流を続けていた。

仕事の愚痴やら、最近見つけた美味しいスペイン料理の店のこと等々。どんなに他愛のないことでも万里香さんの気が少しでも紛れればと、二日に一度ほどの頻度で連絡することを欠かさなかった。

そんな早紀さんの思いやりが奏功してか、一カ月ほど経つと万里香さんからの返信は次第にかつての明るさを取り戻したものへと変わり、軽い冗談を織り交ぜたメッセージ等も届くようになっていった。

このような関係が二カ月、三カ月と続いていた最中、早紀さんは密かに付き合いを続けていた会社の先輩の男性からプロポーズをされた。

天にも昇る嬉しさだったが、このことを万里香さんに伝えるべきか否かで、早紀さんは悩んでしまった。

あのようなことがあったばかりの万里香さんに、私がプロポーズされたと伝えるのはとても酷なことではなかろうか？　だが、このまま黙っているほうがより酷いことになりはしないか？

そんな葛藤に苛まれ、正直に伝えるべきかどうかを先送りにしていたある日。

会社が終わり、早紀さんはプロポーズを受けた相手の男性と食事に赴こうとしていた。

駅へと向かう繁華街の大通りを歩いていると、無数の人が行き交う中で早紀さん達の進行を阻むように立ちはだかる人影があった。

花柄の入った上下揃いのシャツとパンツはパジャマなのだろうか？　ぼさぼさの黒髪と相まって、その人物はまるで寝起きのままに外へ飛び出したかのような格好をしていた。

その目はじーっと早紀さんの顔を見つめている。

「……早紀さん」

その人物との距離がおよそ一メートルまでに縮まったときに、発せられたその声によってようやく早紀さんはこの人物の正体が分かった。

万里香さんだった。

驚きで早紀さんの足が止まる。

化粧っけが全くなく、すぐには分からなかった。

――どうしたの？　そんな格好で。それにいつこっちに……。

早紀さんがそう口にしようとするよりも早く、

「ねぇ？　あのね？　私がこんな苦しんでいるのを知っててそんな気になれるもの？　ねぇ？　考え直してよ。男なんて心の底ではなに考えてんのか分かったものじゃないの。そうなの。うん。そう。そういうものなの。ね？　だから騙されないで。愛してるなんて嘘に決まってるの。嘘なの。嘘、嘘！　何か裏があるに決まってんの！　ねっ！　ねっ！　だから、ねっ？　やめましょ。お願いだから、ねっ？」

万里香さんの口から矢継ぎ早に、概ねこのような言葉が繰り出された。

そして、じっと上目遣いで早紀さんの顔を見つめつつ、最後にこう言い残して万里香さんはフッと目の前から消失したのだという。

——あなただけ幸せになるなんて絶対に許さないっ。

その言葉を受けて早紀さんがゾッと青褪《あおざ》めていると、すぐ隣にいた彼氏が「どうかした？　急に立ち止まったりして」と声を掛けてきた。

早紀さんの彼氏には、そして他の通行人達にも、万里香さんの姿は見えていなかったようだった。

早紀さんはその後、帰宅すると恐る恐る万里香さんの携帯に電話を掛けたのだという。

——ねぇ。今、ひょっとしたら東京に来ていたりする？

「え？　何言ってるの。私ずっと実家に籠もりきりだよ」

——だよね。ごめん、変なこと訊いちゃって。あっ……それでね。ここからが本題なんだけど、私今度……。

早紀さんは思い切って、万里香さんにプロポーズされて結婚することを伝えた。

「おめでとう。あの人なら早紀さんとお似合いだと思うよ。本当に良かったね」

万里香さんは嬉しそうな口調で、早紀さんの結婚を祝福してくれた。

先程町中で浴びせられたようなきつい言葉を受ける覚悟もあっただけに、早紀さんは万里香さんのこの優しい言葉に涙が出そうになった。

しかし——。

この日以降、こちらから幾ら連絡してみても万里香さんは電話に出ない、またメールには返信もないという状況となり、すっかり音信不通になってしまった。

電話で万里香さんがくれたあの祝福の言葉は、果たして心からのものだったのだろうか？

それとも繁華街の中で早紀さんの目前に唐突に現れて発した万里香さんの言葉が、真実の気持ちに近いものだったのか？

今現在、幸せ一杯の新婚生活真っただ中にある早紀さんであるが、万里香さんのことをふと思い返す度にこのような疑問が頭を過ぎり、少し切ない気持ちに陥るのだという。

のろい

以前、中学の教員をしていたという町江さんの話。

現役当時、現国を受け持っていた町江さんは、月に二度程の頻度で小テストを実施していた。

生徒達が、授業の内容をしっかりと理解できているかどうかを確認する為のもので、授業の時間を二十分程割いて行う簡単なテストであったという。

そのテストの採点を行っていると、とあるクラスの一人の生徒の答案用紙の右隅に、小さく薄い文字で〈のろい〉と、縦に書かれていたことがあった。

平仮名たった三文字による、どこか間の抜けたような文字列。

とはいえ、言葉の意味を考えると――それが〈鈍《のろ》い〉であるにしろ、或いは〈呪《のろ》い〉であったにしろ――余り、いい気はしない。

これは単なる意味のない落書きなのだろうか？

それともこのようなテストを頻繁に強いている、私に対するあてつけなのであろうか？

真相はともかく、町江さんはその〈のろい〉という文字を赤丸で囲み、〈答案用紙に落書きしないこと〉と、注意書きを添えて生徒に返却した。

この落書きをした生徒は、成績が中の下程のこれといって目立ったところのない男子生徒であった。

町江さんは答案用紙を返した後、授業を進めながら、ちらりちらりとその男子生徒の様子を窺っていたが、猛省しているのかずっと俯いてばかりいた。


日数が経ち、次のテストが実施された。

町江さんがそのテスト用紙の採点を行っていると、右隅の余白に圧死した蚊が貼り付いている答案用紙の存在に気付いた。

それは、先の〈のろい〉の件の男子生徒の答案用紙であった。

――偶然なのか？　故意なのか？

どうにも判断の付かない町江さんは、今回は蚊の死骸に気付かなかったふりをして、そのまま答案用紙を返却した。

返却の際に、男子生徒と数秒程目が合う。

その表情は何かもの言いたげにも見えたが、結局は黙って答案用紙を受け取り、席へと戻っていった。

時をほぼ同じくして、学校内でちょっとした事件が起こっていた。

学校給食のメニューの和え物が原因で、かなりの数の食中毒者が出てしまったのだという。

教員、生徒含めて百人近くの被害者が出た。

幸い町江さんは罹患《りかん》せずに済んだそうだが、二、三日程学校は休校となってしまった。

そして更に、次のようなことも同時期に起こっていた。

この頃、丁度、南校舎の外壁の改装工事が行われている最中であった。

時勢に合わせて、校舎の外側に金網を設置する為のもので、本来ならば生徒のいない冬休み中に行われる予定であったそうなのだが、思いの外、時間を要するとの判断で、かなり前倒し気味の起工となったのだという。

その為に、南校舎の外壁には暫くの間、足場が組まれ、各教室の窓は白いビニールシートで覆われた状態が続いていた。

それはとても風の強い日の、正午を回った辺りのことだった。

後の話によれば、このビニールシートを留めている金具に何らかの不具合があった、とのことなのだが――。

そのビニールシートの一枚が、強風に煽られ、組まれた足場の合間を抜けて、いとも簡単に校舎の壁面から剥がれ落ちてしまったのである。

風の力によって勢いを増して脱落したビニールシートは、その下を歩いていた女子生徒の上へと落下した。

金具の部分が運悪く当たってしまったのだろう。

結果、その女生徒は、肩口と肘の辺りに全治三週間程の軽傷を負ってしまった。


これらの小事件が起こってから十日ばかりの日数を置いた後に行われた、小テストの答案の採点中のことだった。

顧問を受け持っている部活動も終わり、少し肌寒さを感じる職員室の中の自席で、町江さんは手早く済ませてしまおうと早速採点に取り掛かっていた。

時刻は六時近く。

もう既に帰路に就いている教員も多く、職員室の中はがらんと静かだった。

積まれた一クラス分の答案用紙。これらを上から順に一枚一枚答えを照らし合わせ、赤ペンでぱっぱっと点数を書き込んでいく。

順調に採点は進み、およそ三分の二辺りまで終える。

〈もう一息ね〉と気合いを入れ直し、次の答案に取り掛かろうと今終えたばかりの答案用紙を除けた。

するとその下には、これまでの答案用紙とは明らかに様子の異なる紙が挟み込まれてあった。

文字文字文字文字文字――。

紙一面に文字がびっしりと書き込まれている。

〈センセイにはもしかしたらミエてキづいているかもしれないのでここにコクハクいたします〉

このような一行から始まるその用紙の書き込みは、どうやら自らが犯した罪に対する懺悔の文であるようだった。

要約すれば、ここ最近に校内で起こった食中毒や女生徒の怪我は、全て自分が引き起こしたこと、自分が呪いを掛けたから引き起こされたことなのだと記されてあった。

〈こんなつもりではナカったのです〉

〈ほんらいのターゲットはおなじクラスの△△タチだったのです〉

もう随分と昔の出来事なので、正確にどのような文章であったのかまでは思い出せないそうだが、更にこの後、事細かにいじめの詳細が、漢字未使用の平仮名と片仮名だけの文字でつらつらと書き連ねてあったのだという。

そして、文末には。

〈モクヒョウがソれてしまってものろいをハツドウしてしまったことにチガいはありません。ヒトヲのろワばです。のろいはボクにカエってきます。カナらズです〉


——ナノでボクはもうまもなくシにます。

最後はこのような一文で締められていた。


これは、悪戯なのだろうか？

町江さんは書き込まれている内容を何度も頭の中で反芻してみる。

〈いじめが起こっていた？　クラスで？　△△君？　あの勉強も運動もできる優等生

の？　彼が一体誰を……？〉

町江さんは改めて手元の紙に目を落とす。

――と。

どうしたことかつい数秒前まで夥《おびただ》しい数の文字によって埋め尽くされていた一枚の紙が、ごく普通の答案用紙になっていた。

その名前欄には、件の〈のろい〉の落書きや、蚊の死体が貼り付いていた答案用紙と同様の生徒の名が記されてあった。

以後、町江さんはその生徒のいるクラスの授業になると、彼のことや△△君のことを気に掛けるようになった。

こんな非現実的なことを誰に相談できる訳でもない。

出自も真偽も様々な意味で不確か過ぎた。

これでは当の男子生徒本人にも、彼らを受け持つ担任、或いは他の先生に相談することも憚《はばか》られた。よって町江さんは、一人きりで彼らの様子を探るしかなかったのだという。

授業を行っている合間に――。

休み時間、彼らの教室の前を通る際に――。

放課後、彼らの後をこっそりと付けるような真似をしてみたり――。

およそひと月ばかり町江さんは、彼らの様子をちらりちらりと観察し続けた。

結果、彼らの様子にどこも変わったところは見られなかった。

件の生徒は、いつも一人じっと自分の机に座って読書をするか、突っ伏して寝ているかしており、対照的に△△君は大勢の友人達に囲まれいつもわいわいと楽しそうにしていた。

二人が口を利くようなところは、一度たりとも目撃したことはなかった。

いじめなどという事実が実際には行われていなければ、それはそれで良いのではあるが――。


冬休み明けの、三学期が始まって間もなくの頃。

どうにも疑念が拭い切れなかった町江さんは、教室移動の最中であった件の男子生徒と廊下で出くわしたタイミングで、思わず彼を引き留め訊ねてしまったのだという。

「ひょっとしたら君、誰かに嫌がらせとか、仲間外れとかされたりしていない？」

自身でも余り賢い訊ね方ではなかったという自覚があったとのことだが、今更悔やんでももう遅い。

町江さんはまっすぐにその男子生徒の顔を見つめて、質問の返答を待ち受けた。

男子生徒は、きょとんとした顔でただただ町江さんの顔を見つめ返している。

〈この人は、一体何を言っているのだろうか？〉

その表情はそう物語っているように思えた。

町江さんは何だか自分がしでかしていること、思い込んでいることが、とんでもなく馬鹿げたことなのではないかという思いに駆られ、急激に恥ずかしくなった。

「何か、ごめんなさいね。突然変なこと訊いちゃって。もう、何でもないから忘れてちょうだい」

必要があれば衣服を脱いでもらい、身体に傷痕等がないかも確認する覚悟もあったのだが、こんな顔されてしまったら、とてもそこまでする気が起こらない。

町江さんはいたたまれない気持ちになって、踵を返し早足にその場から立ち去った。

彼女の背中には、件の男子生徒のものであろう視線が感じられた。

あんな訳の分からない文章を鵜呑みにしてしまった所為で、ここひと月近く何とも無駄な労力を使ってしまった。

あんな幻覚じみたモノの内容を、何故こうもあっさりと信じ込んでしまったのか？

いやともあれ、これでいじめが行われていたという事実などないことがはっきりとしたのだ。多少恥は掻いたが、そのことをこうして確認できただけでも良かったではないか。町江さんはそう自分に言い聞かせ、以後は先の文章のことなど極力忘れるようにして、日々の教員業務に励んだ。

そして更にひと月以上が経った三月初頭――。


件の生徒や△△君ら三年生は卒業を迎えた。

件の男子生徒は公立の高校へ、△△君は私立の高校へ。それぞれ別の学校へと進学するという。

彼らの巣立つ姿を見送りながら町江さんは、結局、採点の最中に見たあの文章は何だったのかと思い返す。が最早、答えなど見つかるべくもなく――。

卒業式は何事もなく無事に終了した。

町江さんが、件の男子生徒が自宅で縊死《いし》したとの知らせを受けたのは、この卒業式の四日後のことだった。

自分の部屋の梁《はり》に数本の五寸釘を打ち込み、そこに麻紐を括りつけ首を括ったのである。

遺書は残されていなかったそうで、何故に自らの命を絶ったのかは不明とのことだった。

いじめは本当になかったのか？　それとも――。

そして、〈のろい〉は本当に存在したのか？　否か？

この一連の出来事は、町江さんの心の中に様々な意味でしこりを残し、長かった教員人生の中でも特に印象深く苦い記憶の一つであるという。

まだおる

佐伯さんは少年時代、古いマンションの九階に住んでいた。

歳が二つ離れた仲の良い兄が一人いて、小学生の頃はよく一緒にマンション下の駐車場脇でサッカーボールを蹴りあって遊んでいたのだという。

そんな小学生時代の、西日が鋭く差していた九月後半の午後のこと。

学校から戻った佐伯さん兄弟が、サッカーボールを抱えてマンションの部屋を飛び出そうとしたところ、玄関の扉を開いたその先で見ず知らずの男性と出くわした。

男性の胸元に垂れていたえんじ色のネクタイがやけに印象的で、未だその瞬間《とき》のことははっきりと記憶に残っているのだという。

佐伯さんは咄嗟に、「こんにちわぁ」と挨拶をした。

男性は僅かに足を止めて佐伯さんの顔を見下ろし、そして、「こんにちは」と穏やかな声で挨拶を返した。

——うちに何か用なのかな?

そう思って挨拶の言葉を発した訳なのだが、男性は佐伯さんの部屋の前を素通りしていってしまった。

すたすたと足早に歩を進めていく男性の背中を何秒か見送った後、拍子抜けした佐伯さんはくるりと逆方向のエレベーター乗り場目指して五歩六歩と歩きかけた。と——。

「おいタツミ、あれ……」

少し遅れて玄関の扉から出てきた佐伯さんの兄が、うわずり気味の声で佐伯さんを呼び止めた。

振り返ると、兄は後方を指差していた。

その指の先には、先程の男性の後ろ姿。

男性は隣の部屋もまたその隣の部屋の前も素通りしており、外廊下の突き当たりまで達していた。

そこで男性は大きく片足を上げ、目の前の手すりを跨いでいる。

そして——。

手すりを跨ぎ終えた男性の姿が、その向こう側へとフッと落ち、消えた。

「……えっ」

ただただ呆然と立ち竦んでいる佐伯さんとは対称的に、兄はつい今しがたまで男性が立っていた手すり前まで駆け寄っていく。

「うわぁぁ！」

手すりの向こう側を覗き込んだ兄の声がすぐに外廊下内にこだました。

そのまま硬直してしまった兄の横へと歩み寄った佐伯さんは、思いっきり背伸びをして怖々《おずおず》と手すりの向こう側を覗き見た。

マンションの真下の点々と木々や草花が見て取れる植え込みの手前。そこに先程の男性が腹ばいの格好で倒れている。

血だまりの中で頭部は横を向き、手足はそれぞれ別の方向に曲がって卍のような形を模していた。

直前に挨拶を交わし、死ぬ素振りなど全く見受けられなかった男性の唐突な自殺。

相当なショックを受けた為、それから後のことについて佐伯さんは余り覚えがないという。

ただただ、その日は夜遅くまでざわついた気配にマンション中が飲まれていたことしか記憶に残っていないのだと。

それから数週間が経ち、ようやく佐伯さんの気持ちにも落ち着きが戻りつつあった頃。

学校から帰り、いつものように兄と一緒に外に遊びに出ようとしたところ、どういう訳か兄はエレベーター乗り場のある方角ではなく、それとは反対の、先の飛び降りのあった手すり目指して駆けていく。

人除けの為に置かれたパイロンの合間を抜け、手すり前へと辿り着く。

そして、それは恐らく弟の前での些か度の過ぎた悪ふざけのつもりだったのだろう。

兄は手すりの上に両手をつき、鉄棒をするようにぐっと上半身をマンションの外側へと乗り出して見せた。

しかし、その途端に何やらしゃっくりにも似た変てこな叫び声を一つ上げ、兄は慌ててすぐに上半身を引っ込めてしまった。

そして、くるりと佐伯さんのほうへと向き直り、こんなことを呟いた。

「……まだおる」、と。

それ以上は言葉を発さず、青褪めた表情でただただ手すりのほうを指差す兄。

本心を言えば……佐伯さんはこのとき、事故の衝撃がまだ完全に抜けきっておらず、その手すりには近づきたくなかったそうなのだが――。

それでも、兄に怖がる素振りを見せることがそれ以上に嫌で、結局は手すり前まで渋々と歩み寄った。

促されるままに手すりからそっと身を乗り出し、佐伯さんは恐る恐るその外側を覗き見た。

白く霞《かすみ》がかった青い空。

遥か遠くの工業地帯の煙突。

次いで雑多に建ち並ぶ不揃いな家々がぱっと目に飛び込んでくる。

そして、それら遠方の景色からぐっと視線を手前に落とした植え込みの脇に――。

そこにはあのえんじ色のネクタイをした男性が、あの日と全く同じ格好で確かに横たわっていたのである。

以後、佐伯さん兄弟がこの手すりに近づき、その向こう側を覗き見たことは一度もない。

もう二度とそのような真似をする勇気が出なかったのだという。

赤い獣

栃木県のとあるゴルフ場内にて、かつて妙なものが目撃されていたと聞く。

その出没場所は、ほぼ同一であったようだ。

フェアウェイが緩やかに湾曲する、全長五百ヤード越えのロングコース内。

高い木々が多く生え揃い、ティーイングエリアに立ってもグリーン位置が確認できないというそのコースの中ほどで、それは目撃されたという。

一打目で百二十ヤード程飛ばし、且《か》つ見事にフェアウェイをキープできたのなら、その地点から、ようやくグリーンの位置が視認可能となるこのコース。

その辺りから眺め見たグリーンの七、八十ヤード手前に存在する池の畔《ほとり》に、稀にそれは蹲《うずくま》っていたのだそうだ。

それは〈赤い獣〉と呼ばれていた。

赤い獣をそのまま眺めていると四足歩行でのろのろとフェアウェイ上を横切り、木々の合間へと消えていく。

こんなものを目にしたとなれば、その存在を気に掛ける人も当然出てくる。近くに立つキャディーに、あれは一体何なんだ？　と執拗に訊ねる者も多かった。

するとキャディーは決まってこんなことを答える。

「あれは人なのかもしれないものです」


性別は不明。

年の頃は七、八歳くらいの幼少の子供のような体躯で、丸裸。そしてその皮膚は真っ赤に染まっている——これ以上の情報は、ゴルフ場の人間も持ち合わせてはいない。

何故なら、この赤い獣は人が近くにいる場合は絶対に姿を現さない。

また姿を現した場合も、誰かが近づこうとすれば透けるように忽《たちま》ち姿を消してしまう。

「それなら、双眼鏡か何かを用意して、遠くから観察してやればいい」

こんなことを言う客が、何人もいた。

そんな客に対し、キャディーはこんな言葉を返す。

「止めといたほうが良いです。気を病んでしまう程、見るに堪えないもののようですから」

聞けば、かつてこの赤い獣の存在に気付き、偶然ポーチ内に携行していたという高倍率の双眼鏡で、その姿をアップで覗き見た者がいるそうだ。

それは、アメリカ人の男性客だった。

その男性客は双眼鏡を覗き込んだその僅か数秒後に嘔吐し始め、フェアウェイの上にへたり込んでしまったのだという。

ゴルフの続行など不可能となってしまったその客は、芝の上に仰向けになって天を見上げ、英語でこのようなことを呟いた。

「あんなにも醜く、そして惨めな子供を私はこれまで目にしたことがない。もしもあれが愛する我が子であったとしても、私はその姿を直視し笑顔を向ける勇気も持てないまま、ただ絶望に打ちひしがれることしかできないだろう。……神よ、何故にあなたはあのような子供を産み落としになられたのか」

この赤い獣の姿をはっきりと目にした者は、この客以外には一人も存在しないそうである。

白いレインコート

四国の某県で暮らす、矢島さんから伺った話である。


その年の夏はとても暑かった。

そして上陸する台風の数が多い年でもあった。

おかげで、矢島さんが暮らす港町は甚大な被害を被った。

数隻の漁船が海に消え、数軒の家が潰され、数本の道が濁流へと化していた。

そして、幾つかの人命が失われた。


矢島さんの身近な人間も、一人命を落としている。

近所に住む初老の独居の男性が荒れた夜の海に飲まれ、亡くなったのだという。

白いレインコートを羽織り強風に煽られながら、船着き場の辺りを行ったり来たりしているところを見た者がいる。

自警団のメンバーであったこともあり、使命感に駆られ一人見回りを行っていたのだろう。

その直後に、どうやら高波に攫《さら》われたようである。

だが数日後、海から引き上げられた男性の遺体は、荒波に奪われでもしたのか白いレインコートを身に着けてはいなかったそうだ。


そして、翌年。


あんな嵐の最中、海に近づく馬鹿はいないよ。

全く自業自得だ。

港町に生まれ育っておきながら、こんな死に方はねぇな。恥ずかしい。

気の置けない仲間達がこんな無遠慮な言葉で故人を偲んだ一周忌が過ぎ――。

そんな折、この港町である噂が流布され始めた。

〈大しけの前夜は、海辺に白いレインコートが現れる〉

きっかけは、数人の目撃者だった。

岬で夜釣りを楽しんでいた者達が、岸から二百メートル程行った沖合に漂う白いレインコートを目にしたのである。

その晩から、夜の海上で月の光を受け、どこか神秘的に発光する白いレインコートを目にする者達が頻発し始めた。

そして、このレインコートが現れた後は、決まって海が荒れ始めることに気付いた者がいた。


よって、先のような噂が広がりを見せたのである。

但し、白いレインコートが出現したのはこの年限りのことだった。

子猫差しあげます

シズエさんの娘さんがまだ小学生の低学年だった頃の話だという。

学校を終えた娘さんが家に戻るなり、シズエさんに向かってスッと差し出してきたものがあった。

それは一枚の単色のチラシだった。

手書きした原紙をコピーし作成したもののようで、次のように書かれている。

〈子猫差しあげます。但し責任持って可愛がって頂ける方に限ります。

住所※※※※※　TEL※※※※※　ハラダ〉

通学路途中の電柱に貼り付けてあったものだという。

記されてある住所は二つ隣の丁番で、家から歩いて十四、五分程だろうか。

「猫、飼いたいの？」

シズエさんの問いかけに、娘さんは食い気味に頷く。

実は、前々からシズエさん自身も何かペットを飼いたいと思っていたところだった。

昨年に手に入れたばかりの一戸建てのマイホームには狭いながらも庭が付いており、犬小屋でも建てて小型犬でも飼おうかという淡い希望があったのである。

途中、猫もいいかなぁなどと気持ちが行ったり来たりしていたのだが、いずれにしても安い買い物ではない。新居を買ったばかりで日々の暮らしを少しでも切り詰めて生活していかなければならない状況だったので、半ば諦めかけていたところだった。

〈でも、ただで譲ってくれるというのなら……〉

但し、これをきっかけとして、先方とベタベタとした付き合いが始まってしまうという事態は、できれば避けたかった。御近所さんとなれば尚のことである。

暫し思案したシズエさんは、とりあえずはとチラシに記載されてある番号に電話を掛けてみることにした。

少しでも神経質そうであったり、世話焼きそうであったり、口やかましそうな相手であったりするなら、そのときは即座に断りを入れるつもりだった。

数度のコール音の後、先方が電話に出た。

相手は女性であった。声の感じから、六十歳前後だろうか。

チラシを見て電話した者であることを伝え、子猫の情報とともに適当な世間話を数分交わした。

先方の受け答えは常に上品で、些か冷めたようなきらいはあったが懸念していたような嫌な感じはしない。

この相手ならばそれほど面倒なことにはならないと思えた。

この後にすぐに伺いたいという旨を伝え、シズエさんは電話を切った。

そして、旦那さんに電話で了解を得た後、シズエさんは早速、娘さんとともに先方の家へと向かったのだという。

「もしおウチで猫を飼うことになったら、ゆっかもちゃんとお世話しなきゃダメなんだからね？　いい？」と、娘さんに念押ししながら辿り着いた先方の家は、思いの外、立派なものだった。

白壁の軽やかな印象の邸宅は、名の知れたデザイナーの手によるものだと言われれば、そう信じてしまいそうなくらいにモダンな造りで、手入れが行き届いた緑の多い庭は、それだけでシズエさん宅の敷地全てがすっぽりと収まってしまいそうな広さだった。

そんな立派な家に先方――ハラダさん――は一人きりで暮らしていた。

聞けば、八年程前に旦那さんを亡くされたとのことで、子供もいなかったが故に幾ばくかの寂しさを紛らわす為、猫の多頭飼いを始めたのだそうだ。

旦那さんを亡くされてからというもの、ハラダさん宅には連日、生前に旦那さんと付き合いがあったという様々な見知らぬ人々が、出資や融資を求めて訪ねてきていた。しかし、金ばかりをせがむ人間という存在にうんざりさせられているハラダさんにとって、今や本当に心を許せる相手は飼い猫達だけなのだという。

本心を言えば、そんな家族のような存在である飼い猫達を手放すことは大変心苦しかったらしい。しかし、母猫が数匹の子供を産み、その子供が更に数匹の子供を産む、というサイクルが繰り返されるうち、今やハラダさんの手に余るくらいまでに猫の数が増えてしまった。そこで今回、泣く泣く町内にチラシを貼り出し、貰い手を募り始めたとのことであった。

これらの話を聞きながらシズエさんは、ある程度ハラダさんという方の人となりが理解できた気がした。

人付き合いを嫌い、愛情を猫に注ぐようになった初老の未亡人――。

こちらを警戒してのことか言葉に多少の素っ気なさを感じるが、子猫を譲ることに至った経緯を打ち明けてくるところなど、芯はそう悪い人ではなさそうだ。

それに、人間に不信感を抱いているのであれば、子猫を譲り受けた後に、面倒な近所付き合いが始まることもなさそうである。

シズエさんはそう安堵すると、早速、子猫を見せてもらうことにした。

こちらへ、とハラダさんの案内で家の中へと通される。

猫を多頭飼いしているとのことだったので、家のあちらこちらで猫が寝ていたり、うろついていたりする姿があるのかと予想していたのだが、庭、玄関周りと見た限り一匹の猫の姿も見かけない。

シズエさんはその点が気になり、ハラダさんに訊ねてみた。

「猫達には専用の部屋を与えているのです」

この返答には、シズエさんの娘さんも驚いて、「流石にお金持ちの人のお家は違うね」と、目を見開いていた。

階段を上り、掃除の行き届いた幅の広い廊下を進んだ先の奥まったところに、他とは一見して別物と分かる扉があった。

その扉の前でハラダさんは足を止め、「この部屋に猫達がいます」と言った。

ドアはどうやら防音仕様のようで、外側から施錠するタイプのものだった。

ドアの前にこうして立ってみても、鳴き声どころか物音一つ漏れてこない。言われなければ、このドアの先に数匹の猫がいるとは思えない。

しかし、ハラダさんが鍵穴に鍵を差し施錠を解きドアを開けると、途端に濃密な猫の気配が廊下に溢れ出してきた。

幾重にも重なって聞こえる鳴き声と、猫達の餌なのかそれとも排泄物によるものなのか、凄まじい悪臭が漂ってくる。

そして全開されたドアの中を見て、シズエさんは思わず声を上げるくらいに驚いてしまった。

十五畳程のその洋間の中には、当初思い描いていたのを遥かに超える数の猫達がいた。ペルシャ猫のようなものから、アメリカンショートヘアーやロシアンブルーにジャパニーズボブテイル——そんな多種多様な猫達が、優に百匹以上はいるように見えた。

部屋の中が薄暗くて奥のほうがよく見えないこともあり、ひょっとしたらその総数は、更に倍以上にのぼるかもしれない。

当然の如く、部屋の中は足の踏み場もない状態で、猫同士折り重なっていたり、密に身を寄せ合ったりしていた。

部屋の床全体がもぞもぞと蠢《うごめ》いているかのような異様な光景の為か、シズエさんの全身には怖気が奔《はし》り、思わず一歩二歩と後ずさりをする。

部屋のドアは二重扉になっており、目の細かい穴が無数に開いているガラス扉が存在している為に、部屋の中の猫達がこちら側に出てくることはない。だがそれでも、部屋の中から発せられる圧は強烈なものだった。

「好きな子をお選びになって」

ハラダさんは相も変わらずの淡々とした口調でそんなことを言う。

正直なところ、シズエさんにはこの時点で、猫を譲り受ける気持ちは完全に萎えてしまっていた。

こんな劣悪な環境下で猫を飼い続けておきながら、それを真に心の許せる相手と称しているハラダさんの人間性に対し、底冷えする異常さを覚え、この家に来たことを後悔し始めていた。

どう断りを入れたら良いのやら、あれこれと頭を巡らせながら、ふと隣にいる娘さんのほうへと目を向ける。

娘さんは、じっと部屋の中を凝視しながら、固まっている。

無理もない。こんな異常な光景を見たら誰でもこうなってしまう。

このような場所にいつまでも娘を置いてはおけない——と、一刻も早くこの家から飛び出してしまいたい衝動に駆られる。

そんな中、ハラダさんは僅かばかりにガラス扉を開いて、入り口のすぐ脇に蹲っていた、一匹の白と黒のバイカラーの子猫を摘まみ上げた。

「この子なんてどうかしら？」

「まぁ可愛らしい猫ちゃん！　そうですね、この子にします」

シズエさんはその猫を受け取ると、満面の作り笑顔を浮かべそう答えた。

もうどんな形でも良いので、とにかく早急にこの場を去りたかったのだという。

そして、大仰にお礼の言葉を繰り返しながら、シズエさんは片手で子猫を抱え、もう一方の手では娘さんの手を引き、足早にハラダさん宅を後にした。

別れ際のハラダさんの表情には、シズエさんのことを僅かばかりに訝しむような素振りが見て取れたが、構ってなどいられなかった。

些か慇懃無礼《いんぎんぶれい》に過ぎてしまったかもしれないが、寧ろ変に気に入られてしまうよりは、これで正解だったのだろう——帰りの道中、そんなことを思いながら、腕に抱えた猫を改めて見やった。

貰い受けた猫は、多少糞尿に塗れて汚れてはいたが、両手に収まるくらいに小さく、よく見ればとても愛嬌があって可愛らしかった。

指で顔を突いてやると、小さな舌でちょろちょろと指先を舐めてくる。

家に着いたら、すぐに身体を洗って綺麗にしてあげよう。

何だかんだあったが、結果、一匹の子猫をあの部屋から救い出し、そしてただで手に入れることができたと思えば、そう悪い経験でもなかったような——。

幾分、前向きな気持ちになりながら、シズエさんは、何とはなしに娘さんのほうを振り返った。

娘さんは青褪めた顔で、数歩遅れでシズエさんの後を大人しく付いてきている。

普段通りの娘さんなら、「私にも猫ちゃん抱かせてー」とせがんできて当然なのに、一体どうしたのだろう？　ハラダさん宅で見た光景が尾を引いているのだろうか？

「気分悪くなっちゃった？　ゆっか」

少し心配になって娘さんにそう声を掛けた。

娘さんは、ぶんぶんと首を横に振る。

そしてシズエさんの顔を見上げながら、こんなことを言い始めた。

「ねぇママ。さっきの猫ちゃん達の部屋の中に、おばけいたよね？」

「……おばけ？」

思わぬことを訊ねられ、シズエさんの足がぴたりと止まる。

「真っ黒のおばけがいたでしょ？　奥のほうでしゃがんで、猫ちゃんをなでなでしてたでしょ？」

「……真っ黒？　何言ってるの、ゆっか？　嘘つきは舌抜きなんだよ」

「嘘じゃないもん！　こんなふうに、後ろ向いててさ……本当なんだもん！」

娘さんはその場にしゃがみ込み、その真っ黒のおばけとやらの真似をし始める。

娘さんの顔を見れば、嘘や冗談を言っているときの表情ではないことが、はっきりと分かる。

「……じゃあ、誰か、あのお家のお手伝いさんだったとか？　丁度、猫ちゃん達のお世話をしていたのかな？」

勿論、シズエさんはそんなお手伝いさんの姿など見てはいないし、そもそもあの人間不信のハラダさんが、お手伝いさんなどを雇っているとは思えないのだが……。

「でも真っ黒だったんだもん！　すごい黒かったんだもん！」

娘さんは、自分の意見を一向に曲げる様子がない。

娘さんの言葉に触発され、シズエさんの脳裏に、つい数分前に覗き見たあの部屋の様子が徐々に蘇ってくる。

猫だらけの部屋と、その奥の暗がり——。

思い返すと、確かに、あの部屋には猫とは別の何かがいたような気もしてくる。

ただ、それがどんな姿かたちであったのか、はっきりとは分からない。思い出せない。

些か不自然なまでに、その記憶だけに靄が掛かる。まるで本能がそれを最初からなかったことにしてしまおうとしているかのような、おかしな感覚にシズエさんは戸惑い、そして身体中の至る所から冷や汗が湧き始める。


「……あ、そうだ、ゆっか！　それよりもこの猫ちゃんの名前、決めてあげようよ」


シズエさんは努めて大きく明るく声を張り上げて、話題を変えた。

もう済んだことをあれこれと考えても仕方がない。これ以上はっきりと思い出せないのであれば、それはそれで良いではないか。


「あんこ」

「えっ、何？」

「猫ちゃんの名前。あんこがいい」

「あんこかぁ。いいかもね」

「じゃあ決まり！　ねぇねぇ、あたしにもあんこ抱っこさせて！」

「今は汚いからダメ。家のお風呂で綺麗にしてあげた後でね」

「えー」

――そう、もう二度とあの家と関わらなければ良いだけの話なのだ。うん。もう絶対に近づきなどするものか。

厚着の浮浪者

今現在ダンサーとして活躍されているヨウコさんは、高校の二年のときにダンスにハマった。

当時とても好きだった洋楽のアーティストがおり、そのバックで踊っているダンサーを見て、〈私もダンサーになれたら、こんなふうに一緒のステージに立てるかも〉という理想を抱き、見よう見まねで始めたのだという。

そこで困ったのが練習場所だった。

最初は自宅の部屋の中でひっそりと練習を行っていたのだそうだが、すぐに手狭に感じ、思いっきり身体を動かせる場所を求めて、自転車で近場を駆け回る日々が十日ばかり続いた。

もう最悪、学校の体育館脇でもいいかなぁ——そんな考えが頭を過ぎった矢先に、折よく見つけたのが、一駅先の交通公園内、自販機コーナー裏のスペースだった。

広さは畳四、五枚程度と猫の額ほどだが、足元が平らに舗装されており、それがダンスに最適だった。

自販機が仕切りになって、歩道を行き交う人の視線もそれほどには気にならない。

加えて、数台並んだ自販機を取り囲む、白いボードに透明のアクリル板を重ねた造りの少し洒落た衝立の存在が、大変都合が良かった。

その衝立前に立てば、反射で自分の姿が薄らと映り込み、ダンスの動きをチェックするのにぴったりだったのだそうだ。

こうしてヨウコさんの休日は勿論、学校がある平日も、授業が終わるとすぐに交通公園に赴き、ダンスに明け暮れるという日々が始まった。

それはとても充実した時間であったという。

但し――。

一つだけ、どうしても気に懸かることがあった。

それは一人の浮浪者の存在だった。

ヨウコさんがダンスの練習をしている自販機裏から、三十メートル程の距離を置いた木々の生い茂った植え込みの縁に、いつも必ず座り込んでいる浮浪者がいたのだという。

春先だというのに、灰色のパーカーの上に青色のダウンジャケットを重ね着という格好。

ダウンジャケットの襟に顎先を埋め、頭に被った野球帽と更にその上から覆っているパーカーの為に、顔は殆ど隠れている。

よって容姿はよく分からない。

唯一視認できたことは、肌がとてつもなく黒いということ。

帽子の鍔《つば》により生じた影と同じくらいに黒かった。

その不自然なまでの黒さに初めて気付いたときには、心臓を鷲掴みされたかのような衝撃を受けた。

公園内で他にも数人の浮浪者の姿を見かけることはあったが、それらの人々とは明らかに醸し出す雰囲気が異なっていた。

一言で形容するならば、その浮浪者の存在は〈腫れ物〉である。

このような人物が、ダンス練習に励んでいる近くに常に座り込んでいる。

気分的に落ち着かないことに加えて、その視界にまだまだ未熟であるダンス姿が確実に捉えられているであろうという、恥じらいの感情も生じる。

〈お願いだから、こっちのほうは見ないでよね。近づいてくるのもナシだから……〉

〈最悪……。また視界に入っちゃった。もう絶対にあいつなんか見ない見ない見ない見ない〉

毎日こんなことを思いながらダンスの練習に励んでいたヨウコさんであったが、それでもつい目の端で、その浮浪者の姿を捉えてしまう。

見れば、その浮浪者はいつも必ず何かを食べていた。

脇に幾つか置かれた酷く汚れたビニール袋に右手を突っ込み、黒っぽい何かを摘まみ上げると、それをすーっと自身の口元へと運ぶ。

その後、咀嚼《そしゃく》しているのか、ゆっくりとその頭部だけが小刻みに上下する。

距離があって何を食べているのかまでは分からなかったが、どうやらいつ見ても全く同じものを食べているようであった。

ともあれ、その右手と頭部以外に全く動きのないその奇妙な食べ方は、ヨウコさんにより嫌悪感を抱かせた。

こうしておよそ三週間余りが過ぎた、ある日のこと。

ヨウコさんは相変わらず、交通公園内にある自販機裏のスペースでダンスの練習を続けていた。

慣れもあるのだろうが、件の浮浪者の存在については以前ほどには気にならなくなっていた。

何より、最近は少なからずダンスの腕も上達し、踊ることがより楽しくなっていた。

最初のうちは、公園内を行き交う人々の視線を気にするようなこともあったが、集中して練習に臨めるようになった今では殆ど周囲の様子は目に入らない。

こうなってくれば、数十メートル先の浮浪者の存在など些細な問題である。

最早、ダンスを踊って汗だくになった顔や首筋をタオルで拭ったりする際に、ちらりと見やって〈ああ、今日も飽きずになんか食べているなぁ〉程度に思うくらいの存在となり下がっていた。

件の浮浪者は相変わらずパーカーとダウンジャケットの重ね着姿である。

季節的には梅雨の時期が迫っており、最近はむしむしとして暑い。

数分踊っただけでも、すぐに全身汗だくになってしまうほどだ。

そんな気候の中、見ているだけも暑苦しくなるような格好をし続けていられることが不思議でならない。

そして相変わらず傍らのビニール袋の中の物を口に運んでいる。

まるで機械仕掛けの人形のように、その動作はいつ見ても同じである。

〈やっぱりどこかおかしい奴なんだろうなぁ……〉

ヨウコさんはそんなふうに思って、再びダンスの練習に打ち込み始める。

日の傾きかけた何度目かの水分補給の折。俄に辺りが騒がしくなっていることにヨウコさんは気が付いた。

件の浮浪者周辺にぽつぽつと人だかりができている。

気になったヨウコさんも、その人だかりに加わるべく浮浪者のほうへと近づいてみた。

歩を進めるにつれ異様な臭いが、鼻腔を突き始めた。

更に歩を進めていくと、件の浮浪者を取り囲むようにして立つ、数人の警官の姿が目に入ってくる。

場に漂う緊張した雰囲気。それとともに周囲を取り囲む人々の口から漏れ出る、〈死〉という単語。

何が起こったのか、ヨウコさんにも察することができた。


〈……そうか。死んじゃってたんだ〉


それはそうだろう。こんなにも蒸し暑い中、あんな格好のまま平気でいられる筈なんてないし――。

これまで人の死というものにこんなにも間近で接したことのなかったヨウコさんは、どきどきと脈打つ自分の心臓の鼓動を感じ取りながら、すぐにその場を後にした。

さしたる刺激のない地方都市。

一人の浮浪者が近所で死んだという程度の事件でも噂は拡散される。

後日、両親や近所の人々、学校の友人等を通じて、この浮浪者の死についての情報がヨウコさんの耳にぽつぽつと入ってきた。

浮浪者は四十代の女性であったということ。

あの植え込みの縁から離れることはほぼなく、一カ月半近くに亘りずっとあの場に座り続けていたということ。

傍らに置かれてあったビニール袋の中身は、全て自身の糞尿であったということ。

そして――。

臭いなどから異変を感じた通行人からの通報により警官が駆け付けた時点で、既に浮浪者の遺体は死後一日以上は経っていたということ。

それらの噂に耳を傾けながら、おや？　でも――と、ヨウコさんは思い出す。

あの日、確かにヨウコさんは、件の浮浪者が動いているところを見た。

間違いなく浮浪者は、いつものように傍らにあるビニール袋に右手を突っ込み、そしてその中身を咀嚼していたのである。

〈……何なんだよ、もう〉

ヨウコさんは、別段怖いと思った訳でもなければ、悲しいと思った訳でもなかった。この浮浪者に対して抱いていた嫌悪感が、気付いてみれば憐れみのような感情にすり変わり、ただただやるせない気持ちに陥っていただけのことだった。

呵責

嶺脇さんという、かつて漫画家を志していた人物から伺った話である。

当時、ある少年向け漫画雑誌の賞に入選した嶺脇さんは、編集部の紹介で〈とある漫画家のアシスタント業務をしてみないか?〉という話を持ち掛けられた。

嶺脇さんは佳作に辛うじて入選はしたものの、その後に書き上げたネームや作品群がダメ出しばかり受けていたこともあって、早々に行き詰まっていた。しかし、実際に活躍している漫画家の仕事ぶりを至近で見ることができるのなら、きっとそこから得るものがあるに違いないと、この話を快諾し、その漫画家の元へ通うことになったのである。

月刊誌に連載を持っているという漫画家の仕事場は自宅を兼ねたもので、東京近郊に建つ小綺麗なマンションの上層の階にあった。

任された作業はトーン貼りやベタ塗り等のやり慣れたものばかりで、仕事には比較的すぐに馴染むことができた。

仕事場の雰囲気も悪くない。ベテラン漫画家のタダノさんも、そして一人いる先輩アシスタントの青年も共に気さくで、時に影響を受けた漫画やアニメの話で盛り上がったりもした。

そして何より、実際に作品ができあがっていく過程を見ることは、嶺脇さんにとってとても勉強になった。

そんな何においても恵まれたこの環境の中で、ただ一つ気に掛かったことがあるとするならば、それは仕事場にある全ての窓が、段ボールによって塞がれていることだった。

段ボールがガムテープで固定され、全く外の景観が望めない状態になっていたのである。

稀に、太陽の光を嫌い、ずっと部屋の雨戸を締めたっきりにする人間が存在するが、この段ボールもそういった意味合いなのだろうか？

仕事場に足を踏み入れたときから、ずっとそれら段ボールの存在が気になっていたこともあり、作業が一段落着いたタイミングで、嶺脇さんは思い切ってタダノさんに訊ねてみた。

一瞬、タダノさんの表情が強張ったように見えたが、すぐに相好を崩してその理由を語り始めた。

——ああ、これはね、まぁカーテン替わりみたいなもんなのよ。こういう仕事してると、一日中、部屋に籠もってないといけないでしょ？　だから、あまりに天気が良かったりすると、俺、すぐに出かけたくなっちゃって、全然ペンが進まなくなんのよ。ならいっそ窓を全部塞いで、完全に外を見えなくしちゃおうってね。

随分と極端な行動を取る人だなぁ、と少々驚愕しながらも、嶺脇さんはひとまずはその理由を聞いて納得した。

そして、その後は作業に没頭し、あっという間に帰路に就く時間となった。


わざわざ玄関先にまで見送りに出てくれたタダノさんと挨拶を交わし、嶺脇さんは先輩アシスタントとともに、仕事場のマンションを後にする。

こんなにも気を遣ってくれる人間の元でなら、この先もアシスタントとしてやっていけそうだ——そんなことを思いながら、駅目指して歩を進めていると、隣を歩いていた先輩アシスタントが、こんなことを口にし始めた。

「嶺脇くん。君がさっき気にしていたあの窓の段ボールのことなのだけれどもね。さっき先生はあんなふうなこと仰ってたけれど、まぁあれも嘘ではないのだろうけれど、実はもう一つ別の理由があるんだよね」

えっ、どういうことですか？　と戸惑う嶺脇さんの顔を後目に、先輩はどこか飄々《ひょうひょう》とした感じで話を進める。

「十年近く前の話になるんだけど、先生の元でアシスタントとして働いていた男性がいてね……。二十代後半の、プロを目指して何年も漫画描いているけど、全然芽が出ないというタイプの人だったんだけど、その人、自殺しちゃったんだよね」

ある観光名所近くの、海沿いにそびえる高い崖の上から身を投げ、岩場に頭を強く打ち受けて、ほぼ即死と言う形でこの世を去ったのだという。

「実はね、その男性、聞いたところでは、先生から、今でいうところのパワハラを受けていたようなんだよね。先生も当時は若くて、漫画界では、新進気鋭のニューカマー、とか、新世代の旗手、みたいに呼ばれていたギラギラとしていた時期でね。多忙なこともあったのだろうけど、つい調子に乗って手が出ちゃったり、怒号を浴びせたり、みたいなことしたんだろうね」

つまりは自殺の原因の一端が、このパワハラにあったのではないかと、タダノさんはショックを受けたのである。

「罪にこそ問われはしなかったんだけど、先生は相当堪えた様子だったそうでさ。以後は、ほら。さっき君を見送りに出たみたいに、どんなアシスタントに対しても真摯《しんし》に、そして優しく接するようになったんだよ」

それでも未だ心の奥底に蟠る良心の呵責《かしゃく》によるものなのか、タダノさんは時折、恐ろしいものを目にするようになったのである。

それは、自殺した男性の落下していくヴィジョンであるという。

窓の外にふと目をやった際等に、一瞬、さっと落下する姿が目に入るようなのだ。

それも、この世には絶望しかない——そんな思いを滲ませた表情を浮かべながら。

「だから先生は、仕事場の窓ガラスに段ボールを貼り付けたんだよ。それまでに、もう何百回と、その男性が落下していく様を目にしてきたようだけど、慣れるなんてことはなく、寧ろ限界に達してしまったんだろうね。だから、もう二度と見なくて済むよう、完全に窓に封をしてしまったんだ」


丁度、駅へと辿り着いたタイミングで、先輩アシスタントの話は終わった。

「でもさ、簡単に開閉できるカーテンやブラインドでなく、段ボールをガムテで固定というところが狂気じみていてなんか興味深いよね。もう大分昔のことなのに、未だにこんなにも悔やんで、こんなにも恐れてくれているなんてね。あははっ」

最後にそんなふうに笑い、先輩アシスタントは颯爽《さっそう》と改札を駆け抜けた。

後で知ったことだが、この先輩アシスタントなる人物は、かつて崖から身を投げたという男性の、甥に当たる人間なのだという。

開拓地

一昨年前、田辺さん夫妻はとある住宅地に移り住んだ。

詳細な場所は伏すが、数百メートル先に新幹線の高架が望める、なだらかな山林を均して造られた新興の住宅地である。

広い庭を有した綺麗な家が十五、六軒ほど建ち並び、こぢんまりとしたコミュニティを形成している。

そんな住宅地内で、現在進行形で少々困った事象が発生中であるという。

発生場所は田辺さん夫妻の新居にほど近い四辻。

道幅の広い一通同士が交わる、これといって変わったところのないありふれた四辻である。

田辺さん夫妻曰く、この——ゴミ集積場が存在する訳でもない——四辻の路上や路肩に、定期的に物が捨て置かれており、色々な意味で非常に迷惑しているのだという。

例えば——隣県のアウトレットモールからの帰り道。

田辺さん夫妻は日の暮れかけた住宅地の中を我が家目指して車で進んでいる。すると、目の前の四辻の車道の上に西日を受けてキラキラと輝きを放つ無数の物体が転がっている。まだ真新しさの残るフォークやナイフ等の銀食器である。

車を停め改めて見やると、放置されて間もないのか汚れは皆無に近く、折れや捻じれ等もない。まだまだ十分に実用に耐える代物である。

それらを拾い上げ、近隣の家々にこれらの銀食器に心当たりがないか訊ねまわってみると、持ち主は四辻から二百メートルほど離れた家の住人であると判明する。

持ち主によれば、それら銀食器はいつの間にかキッチン内の戸棚から消え失せており、四辻に捨てた覚えどころか外に持ち出したことなど一度もないとの弁。

と、このような犯人もその動機もよく分からない、不可解な出来事が頻発しているのである。

これら銀食器の件以外だと、翡翠《ひすい》のネックレスやペン先が金の外国製万年筆や、通帳等の貴重品。

ぼろぼろになった自転車のサドルやら中身が半分くらい残っているドッグフードの袋等の、本物のゴミなのか判断に迷うような代物。

果ては、美顔器やら入れ歯やら女性用の下着やらの些か扱いに困る品物まで。

いずれの品も調べてみるとこの住宅地内の住人の持ち物であることが判明するのだが、誰もが自らの手でその四辻に物を捨て置いたのではなく、気付いたら家の中から消え失せていたのだと口を揃える。

田辺さん夫妻宅も例外ではない。

「四辻で拾ったものだがこれに心当たりはないか？」と、隣人が田辺さん夫妻宅を訪ねてきたことがあったのだが、それはいつもリビングのテーブル脇のラックに置いてある筈のエアコンのリモコンであった。


いつ何が家から消え失せるか全く予測の付かないこの事態に、どのように対処すべきなのか？　事象発生からおよそひと月ばかりが経った頃に、住宅地の住民達による寄り合いが催された。議題は当然ながら一連の事象についてである。

その席上で、一人の初老の男性が「全く関係のない話かもしれませんが……」と、一言断りを入れながらこんな話をし始めた。

「私はこの住宅地ができる前――まだここら一帯が木々で覆われた山だった頃を知ってい

るのですが」

その初老の男性はここに越してくる前は、四、五キロばかり離れた隣町に住んでいた。元は山林であったこの住宅地一帯に面する県道を、趣味のロードレーサーに乗ってしばしば通過していたそうである。

県道を走っていれば、ガードレールを越えた十数メートル先の山林の様子が自ずと目に入る。

その山肌――緩やかな斜面の一部は、常に大量の物品によって埋め尽くされた状態であったという。

「最初はどこかの不届き者が、処分に困った粗大ゴミを放置してるものとばかり思っていました。でも県が物を投げ入れられないように柵やらネットやらで対策しても、どんどん物の数は増していくばかりで……。で、結局犯人は分からずじまいのまま、この住宅地の開発が着工されたって訳なんです」

住宅地建設が始まってからおよそ二カ月が経った頃になるだろうか。

街の飲み屋のカウンター席で、この住宅地建設の現場作業を請け負っている会社の社員と隣り合わせたことがあった。

何となく話を交わすうちに、件の大量に物品の捨て置かれていた山の斜面の話になった。

「その社員の方のお話によると、山の斜面を覆っていた夥しい数の物品に埋もれるようにして、何か石像のようなものが立っていたというんですね」

しっかりとした土台部分を有し、斜面に根深く固定されていたという、全高が七十センチ程の小ぶりの石像。

はっきりと顔や身体と分かる彫刻が施されていた訳ではなく、長い期間を掛けて雨風に晒され続けた結果、石柱の上部がまるで顔を模しているかのような凹凸ができただけかもしれないとのことで、それが本物の石像と呼べる代物なのかは判断が付かなかったという。

「ただ、初めてそれを目にしたとき、まるで大量の貢ぎ物に囲まれているかのようで、それがただの石柱だとは到底思えなかった――と、その社員さんは仰っていました」

ひょっとしたら、そのかつて山林だった頃に存在したという石像の位置と、今の住宅地の件の四辻というのはおおよそ重なるのではないのかと――。

と、このような推測を以て、初老の男性は話を締め括った。


冒頭に述べた通り、このいつの間にやら家の中から物がなくなり、それらが四辻に転がっているという事象は未だ継続中である。

住人の中にはこれまでに、四辻に物が捨て置かれるその瞬間と思しき場面に遭遇した方々が数人いる。

いずれも日の落ちかけた明かりの乏しい中、遠目からシルエットとして捉えただけとのことで、それは見間違えだった可能性もある――と、皆自信なさげ、或いは困惑気味に語った犯人像はというと――。

・動きは鈍重。
・単独犯ではなく複数――少なくとも二人以上。
・いずれも殆ど衣服のようなものを身に着けてはおらず、限りなく裸に近い格好。
・うち一人に二メートル近い長身の者がおり、その頭部がバランス的にやけに小さく見えた。
・左右で不釣り合いな長さの腕――右腕は、常人の肘くらいまでしかないのに、左腕は地べたに触れそうなくらいにだらんと長い――の持ち主であった、等々。

肝の据わった何人かの目撃者達は、その顔を拝んでやろうとばかりに距離を詰めようとしたそうなのだが、その僅かの間にそれらの姿はざらざらの粒子状となり、闇に眩んでしまった――とのこと。

四辻に監視カメラを設置することも検討中だとはいう。

ただ——。

果たしてその姿を映像として捉えることができるものなのだろうか？　と、住人の口からは斯様《かよう》に懐疑的な言葉がぽつぽつと漏れ始めている。

山中車中

吉川さんが二十代半ばの頃の話だという。

当時、念願であったスカイライン・クーペを手に入れたばかりの吉川さんは、週末になると一人よくドライブへと出かけていた。

そうスピードを出す訳ではないのだが、混雑の可能性が高く取り締まりの多い海沿いの国道や、市街地のちまちまとした道路は気分的に嫌だったとのことで、山間部の道を好んで走ることが多かった。

朝早く、遅くとも昼前にはと、その日の気分で出発の時間は多少前後するのだが、基本は日の高いうちに家を出て、夜の八時頃までには帰宅するというパターン。

山間の車道は日が落ちてしまうと光源が乏しく、辺りは途端に真っ暗な闇の中に飲まれてしまう箇所が多い。よって、まだ運転経験の浅い吉川さんにとって少々危険ではないか、との思いがあったのだという。

だが――。

十月末の土曜日。

その日、吉川さんは母親の買い物の荷物持ち係として駆り出されてしまった。

途中、昼食等を挟んで、帰宅したのは午後六時近く。

今からドライブに出かけるとなると、帰りは下手をしたら深夜零時を超えてしまうだろう。

〈今日は、その辺りをぐるりと回ってくるだけにしとくか……〉

家で大人しくしているという選択肢は吉川さんの頭の中にはなく、手早く準備を整えクーペに乗り込むと、とりあえずはと国道に出て北上し始めた。

週末の夜だからなのか、反対車線は断続した渋滞が起こっていた。それとは対照的に、こちらの車線は快適そのもの。

アクセルを踏み込み、時速五十キロ、六十キロと加速するクーペのスピードに比例して、吉川さんの気分も乗ってくる。

近場を少し回ってくるだけのつもりが、どんどんと運転するのが楽しくなり、このままどこまでも走り続けていたいという気持ちが強まっていく。

最早、帰る気分にもならず、更に北上を続ける。

道なりに進むだけでは物足りなくなり、国道を外れ何度かの右左折を繰り返す。時計へと目をやれば、午後九時になろうかという時分。

このまま石川県を突き抜けて、日本海でも拝んでこようか——そんなことを考えているうち、気付けば道幅がぎりぎり車一台分程しかないような、軽い勾配気味の山道へと入り込んでいたのだという。

道路の両側は恐らく桧《ひのき》であろう、背の高いまっすぐな樹木がぎっしりと生え並び、さながら壁のような様相を醸し出している。

クーペのフロントライトが照らす舗装された路面には、変色した落ち葉が重なりあって、際限なく貼り付いている。

この道に入ってから、それまでの気分の高揚が嘘のように鎮まっている。それに代わって湧き上がる寄る辺のない不安感に、吉川さんは囚われ始めていた。

もっとも、それはこのような狭い道路で対向車でも来ようものなら、どうやって回避したものだろう？　という、まだ未熟な自身の運転技術に対する不安から生じた感情でもあったそうなのだが……。

ナビゲーションの画面へと目をやると、そのまま道なりに進めば県道に出られるようではある。

だが、その県道へと至るには、暫く山の中を突っ切らねばならない。

余り見通しが良いとは言えない、このような山間の狭い道路を長時間走行し続けることに、吉川さんはかなり抵抗を覚えた。

――できることならば、どこかUターンできそうな場所を見つけ、早々に道を引き返したいな。

そんな気持ちを抱きながら、ゆっくり慎重にクーペを前進させていた。

ゆらゆらと緩い蛇行を続ける暗い道。

フロントガラスの向こう側に映る景色は、殆ど変わり映えもせず、数分前より同じ繰り返しである。

対向車が来る気配は全くないが、この夥しい数の木々に取り囲まれた道路の中で、自分一人閉じ込められてしまったかのような錯覚に陥り、気持ちに焦りが生じ始める。

と――。

十数メートル先、向かって左寄りの路上。

吉川さんのクーペが発するフロントライトの照らし出す光を受けて、きらりと輝きを放つ物体があった。

　車である。

　こちらに尻を向けた格好で、白いセダンが停車していた。

慌ててハンドルを切って停車したのだろうか。盛り上がった未舗装の路肩部へと前輪が乗り上げており、些か車体は傾いでいる。

　停車ランプが点灯しているので、エンジンは掛かったままであるようだ。

　ということは車内には人がいるのだろう。

　――軽トラックならまだしも、何故このような夜間の山道に、ごくごく普通のセダンが停車しているのだろう？

　この論理からすれば吉川さんの運転するクーペも、この場に余り似つかわしいとは言えないのだが――ともあれ吉川さんは、限りなく徐行に近いスピードに車速を落とし、警戒心を強めながらセダンの横をすり抜け始めた。

　狭い車道なので、セダンの脇ぎりぎりを通過することになり、神経を使う。

　運転するクーペがセダンの真横へと並んだ辺りで、ちらりと横目で車内を窺う――と、弱々しい車内灯の下、人影が視認できた。

運転席に一人。後部座席に二人。

計三人。

光の具合と窓ガラスの反射の加減で、半ばシルエットのようではあるのだが、運転席の人物がどうやらハンドルの上に伏せっていると分かった。

大柄な体躯と短めの頭髪、服装などから、三人とも成人の男性であるようだ。


クーペは何事もなくセダンの横をすり抜け終えた。

吉川さんは、はーっと安堵の息を吐く。

このままさっさと先へ進もうと、アクセルを踏みかけたその矢先――プァアアン、プァアアンと二度、三度、クラクションの音が山間に鳴り響いた。

慌ててブレーキを踏み込んだせいで、身体が些か前方につんのめる。

音は後方のセダンから発せられたもので間違いはない。

呼んでいるのか？　だとしたら一体何の用なのか？　吉川さんの身体が緊張で強張る。

このまま無視して、走り去ってしまうべきか？

だが、怪我や急な病気等により、本当に困っているのだとしたら――。

吉川さんはクーペを路肩へと慎重に停車させ、車外へと出た。

そして十数メートル後方に停車しているセダンへと向かう。

十月にしてはやけに冷たい夜の空気が、吉川さんの身体を震わせる。

セダンとの距離が狭まるにつれ、吉川さんは自身の身体が、風邪を引いているときのように重く、そして怠くなり始めていることに気付いた。

ある種の義務感からこうしてセダンへと歩を進めている訳なのだが、気持ちのもっと奥底の本能的な部分が、これ以上の進行を拒んでいると薄らと自覚し始めていた。

何とはなしに肌に感じる、厭な気配。

全身にじわりと汗が染み出し、身体が強張っていく。

でも、それでも――。

吉川さんはそのまま進み、セダンの運転席側の脇へと辿り着く。

徐々に開きつつある運転席のウィンドウから、三十代半ば程であろう男性が、青褪めた顔を覗かせた。

「どうかされました？　何かトラブルですか？」

開いたウィンドウから、饐《す》えた臭いが漂ってくる。

見ればハンドルやその周囲が、白い吐瀉物《としゃぶつ》のようなものに塗れている。

「いや、急に気分が悪くなってしまって。ちょっと休憩していました」

「そうですか。救急車とかもう呼ばれましたか？」

「そこまで酷いものではないので。このままもう少し休んでいれば回復すると思います」

「どうか御無理をなさらずに。私をお呼びになったようですが、何か手助けできることはありますか？」

「ああ、無性に喉が渇いてしまっていて……。もし飲み物をお持ちなら、少し分けて頂けたらと思いまして。勿論、代金は支払わせて頂きますので」

「生憎と飲み物は持っていないんですよ。お役に立てず申し訳ないのですが」

「いえとんでもない。こちらこそこのようなことで呼び止めてしまって、本当にすみませんでした」

「いえいえどうかお気になさらずに。それでは僕はもう行きますが、御同伴されている方もいるようですし、大丈夫ですね？」

「……」

一瞬の間があった。

そして、その後——。

運転席の男性は、心底不思議そうな表情で吉川さんの顔を見上げ、言った。

「いや、あの、一人きりですよ、私は」

ここまで漠然と抱き続けていた緊張と不安が、この瞬間、はっきりとした恐怖となって吉川さんの身体を貫いた。

身体を屈め、吉川さんは恐る恐る開いた運転席の窓からセダンの車内――後部座席側――を覗き込む。

無人。

黒い光沢のある革張りの後部座席には誰の姿も見られない。あるのは無造作に置かれたティッシュの箱くらいのものだった。

セダンに歩み寄っている間中、ウィンドウ越しに二人の男性のシルエットが確かに存在していた。それなのに。

いや、それよりもほんの数秒前。つい今さっき、この運転席の男と話している最中――。ルーフに遮られてその全身とまではいかなかったが、吉川さんは目の端で後部座席に座る草臥れた作業ズボンを履いた男性の右半身――その膝上に置かれた厳《いか》つい右手等々――を、はっきりと捉えていたのである。

ぞんざいに別れの挨拶を済ませ、吉川さんはクーペまで駆け戻った。

先程から頭の芯がじんじんと痺れ、眼球の裏側がまるで異物でも混入しているかのように、鈍く痛んでいた。

恐怖からなのか、それとも他の要因があるのか――理由ははっきりとはしないが、これ以上この場にい続けようものなら、あのセダンの運転手同様、こちらまで運転がままならないくらいまでに体調を崩してしまいそうだった。

慌ててギアを入れ、アクセルを踏み込む。

バックミラーの中でセダンがどんどん後方へと遠ざかり、暗がりへと溶け込んでいく。

吉川さんは一時間ばかり掛けて山中の道を突っ切り、県道へと無事に抜け出した。

幸いなことに頭部や眼球の痛みはセダンとの距離が広がるにつれ弱まり、既にそれほど気にならないくらいにまで治まっていた。

国道に合流した先でロードサイドの二十四時間営業のラーメン店を見つけると、そこでさして美味くもないラーメンと餃子を箸で突きながら、気分が落ち着くまで居座り続けた。

その後、件の山を避けるように大きく迂回する経路で、吉川さんは帰路に就いた。

――どうかあのセダンの運転手が無事でありますように。

吉川さんは家に辿り着くまで、ずっとそう祈りながら運転し続けた。

成長

木島さんの住む家は、大きな高台の上に広がる住宅街の中にある。

通勤や買い物の為に、毎日のようにドーナツ形の滑り止めだらけの急な勾配を上り下りしているという。

その勾配は途中で、何本かの車道と交差している。

そのうちの一本に、切り立つ擁壁《ようへき》に沿うようにカーブを描く車道が存在した。

この車道では、かつて痛ましい交通事故が発生している。

事故場所は勾配と車道の交差する近く。

正確には、急勾配を下り右手側に折れ、七、八メートル程行った先の路上。

当時七歳だった女児が、スピードを出しすぎた車にその場所で轢かれ、頭部を強打して死亡したのである。

アスファルトに横たわる女児の亡骸を目にした者の数も多く、木島さんを始め、近隣の住民達にとって、すぐ間近で起きたこの事故は、衝撃的な出来事となった。

事故後暫くは、その車道脇にはたくさんの献花が溢れ、毎日のように手を合わせる人の姿が見られた。

だがそれも最初の二カ月、三カ月の間で、時が経つにつれ献花の数は徐々に減り、手を合わせる人の数も被害者の女児の両親やその親族くらいになっていった。

そんな頃、とある噂がこの住宅地一帯に流れ始める。

〈車に撥ねられて死んだ女児の霊が、夜間、事故現場に姿を現す〉というものである。

「住宅地内には女児の遺族もまだ暮らしているのに、こんな突拍子もない噂、軽々しく口にするなんて不謹慎じゃないの」

当時は、そんな非難の声を上げる住民も多かった。

木島さんも、当初は、眉を顰《ひそ》める側の人間の一人であった。

だが、ある晩、先の噂が単なる出鱈目ではなく真実であるという確証を、木島さんは図らずも得た。

そう。木島さん自身が、その女児の霊を目撃してしまったのだ。

丁度、事故発生場所であるこの車道と急勾配が交わる地点にに、一本の背の高い円形のカーブミラーが設置されている。

木島さんが勾配を下っていた際、ふと目をやったそのミラーの中に、車道にうつ伏せで倒れ込んでいるあの女児の姿が映り込んだのだ。

コンクリートの擁壁と木々の生い茂る斜面とで挟まれたその車道は、とても暗い。時間は夜の九時を過ぎた辺りであったことから、当然である。にも拘わらず、女児の姿はまるでライトアップでもされているかのように、明るくくっきりと視認できた。

ただ、女児が存在するのはミラーの中だけだった。

実際に車道まで下りて直に現場を見ても、そこには何もありはしないのである。

斯くして、噂はより拡散し始めてしまった。

〈カーブミラー内にのみ映る〉という具体性と、更なる信憑性が加味された形となって。


そして――。

この話には、更にその先がある。

但し、以下は、木島さんが実際に目にした出来事ではなく、木島さんを通して近所の住人達から伝え聞いた話である故、その信憑性は若干劣るものとなる。

ミラーの中にだけ存在する女児の亡骸――。

決して、木島さんが喧伝した訳ではないのだが、同時期に他にも複数の目撃者が現れたことにより、この話は瞬く間に近隣に広がってしまった。

そして、事故から四、五年経った今現在でも、一部の人間達の間で語り継がれ続けられている。

その理由の一つに、未だ目撃者が絶えないことが挙げられる。

事故発生から、かなりの年数が経っているにも拘わらず、ぽつぽつと〈カーブミラーの中に横たわる女児の姿を見た〉という目撃例が湧いて出てくるのである。

そして、二番目の理由。

それは、ミラーの中の女児の亡骸が、年々成長を続けていることにあった。

つまり、当時は七歳であったはずの女児の亡骸が、今現在は腐敗もせずに十一、二歳前後の女子の身体にまで大きく発育しているというのである。

よって、当時のままの衣服がはち切れんばかりに膨れ上がり、今ではすぐにも音を立てて破けてしまいそうな状態にあるのだという。

「そのうちに全裸になった亡骸が拝めそうだよな」

ある種のジョークなのだろうが、このような下卑た発言も少なからず交えながら未だこの話は語り継がれ、そして盛り上がりを見せ続けている。

事故現場、及び、その周辺

本稿は、ボイスレコーダーに収められたとある複数の証言に、理解し易いよう加筆・修正・補足を施し、文字起こししたものである。

二〇一四年から二〇一六年の間に聞き集められたというこれらの証言は、いずれも〈ある陸橋〉に関するものばかりとなる。

これらの証言の提供者である男性によると、二〇一四年から二〇一六年までのおよそ二年の間に、その環状道路上に存在する陸橋上で八件の衝突事故が発生しているのだという。

当時、損害保険会社の下請けの現場調査員だった彼は、偶々、そのうちの二件の事故を担当することになり、現地に数度足を運び原因調査を行った人物でもある。

その折、併せて幾人かのドライバー及び周辺住人や通行人達を対象に、その陸橋についての数日間に亘る聞き取り調査が実施された。

通常であれば、警察及び事故当事者以外から聞き取りを行うことなど滅多にない。

だがこの陸橋の件に限り、あまりの事故発生率の高さから、保険会社より〈現場についてのより多くのサンプルデータ〉が例外的に求められた。

今回、ここに記す話は、その聞き取り調査にて得られた証言を元にしたものとなる。

死傷者が出た事故も含まれる事の中枢となる衝突事故の詳細については、様々なしがらみがあり、ここで深く語ることができない。

が、現場位置、及び個人が特定されない形、且つ、直接的に事故とは無関係と思われる証言に限り、今回、その一部を発表することが許された。

勿論、ここ〈怪談本〉内に記す訳である。尋常一様な証言ばかりでは当然ない。

それは、世間話を織り交ぜた、堅苦しさのない聴取手段が奏功してのことだったのだろう。

結果的にそれらの証言には、思いの外多数の〈奇談〉、〈怪談〉に類されるであろう話が含まれることになったのである。

※

確かにここはちょっと怖いね。

特に内回りの車線だと、この陸橋って緩いカーブになってるからさぁ。

まず、こうアクセルを踏み込んで、勾配を上がっていくだろ？

……で、頂上付近で丁度、ぐぐっとカーブが始まる訳だ。

となると、その先の、下っていく道が一瞬、視界に入らなくなっちゃうんだよ。

結果、その先で車が詰まっていたりすると、よく追突事故が起こっちゃう。

カーブの塩梅と、勾配の具合が悪い意味でマッチしてるんだよなぁ。

※

取引先の工場に向かってる最中でしたね。後輩が運転してて、私は助手席で。

で、通り掛かったんですわ、この陸橋を。

こう山なりになってますでしょ？

そのてっぺん辺りで、カラスがね、ばさばさって感じに、私らの車の鼻先を十数羽くらいが連なって横切ったんです。

後輩はまだ運転に慣れていなかったこともあって、焦っちゃいまして。

ハンドル握った手を滑らせて、隣を走っていたワゴン車に接触させそうになっちゃったりして、その瞬間は冷や汗ものでした。

――でも、今思い返すと、あれって本当にカラスだったのかなぁって思うんですわ。黒かったことは確かなんです。ただ、何かカラスの大群というよりも、一つの黒い塊のように私には見えたんです。

けど、あんな場所に姿を現すあのサイズの黒い奴なんて、何一つ該当するものが思い浮かばないんですよ。

後輩はカラスだと言い張っているので、なら私の見間違いなのかなぁとは思うんですけど。ただ、それ、私らの車の前を横切っていった後、中央帯を越えて、反対車線を走っていたカローラのウィンドウをすり抜けていったように見えたんです。

※

去年の夏の、午後四時過ぎくらいでしたかね。

その日は休みで、彼女を助手席に乗せて、二人で食事に行こうとしてたんです。

曇り空と、並走していたトラックの排ガスとで、車外は白濁色でして。

で、陸橋でちょっとした渋滞にハマったんです。

そのときに、隣の彼女が指差しながら言ったんですね。「あそこに、すっごく大きな煙突が見える」って。

目を向けると確かに、車の進行方向の右手前方、陸橋の遮蔽壁を越えた向こう側に、巨大な、直径が数十メートルはありそうな円柱状のものがそびえているんです。

スモッグが酷く、薄ぼんやりとしたシルエットみたいな感じで見えていました。

でも、この近辺にそんな大きな煙突を備えた清掃工場みたいなもの、アリはしないでしょ？

だから、不思議に思ってウィンドウを開けて、もっとよくその円柱を見てみようとしたんです。

そうしてようやく分かりました。それ、煙突じゃなかったんですよね。

でっかい鳥居の柱なんです。

靖国神社とか、奈良の大神神社の大鳥居とかの比でないくらい巨大な奴で。

ずうっと先のほうにもう一本、柱が立っていて、見上げるとその二つの柱を繋ぐように笠木なんかが掛かっていまして。

勿論、この陸橋近くにそんな大きな鳥居なんてものも存在しないですけど。

というより、現実にあんな巨大な鳥居なんてあり得ないです。

あれって、他所のドライバーにも見えていたのかなぁ？

今思い出してみても何で？　って思いますよ。ホント、でっかくて真っ黒な鳥居でした。

※

……はい。確かに私の住んでいるマンションの部屋の窓からこの陸橋はよく見えます。

ただ余り見晴らしの良いものではないですよ。

風の少ない暑い日なんて、もう必ず光化学スモッグで、陸橋のある環状道路の上空だけ濃い灰色に染まってたりして本当にゾッとさせられます。

子供のことを考えると、もっと緑豊かで空気の良い郊外にでも引っ越したほうが良いのかなぁなんて、結構真剣に悩んだりしちゃいますし。

それと、あとはあの黒い小さな点々ですかね。

これも道路の上空にぽつぽつという感じに滞空してたりして。一度現れると、そのまま十分、十五分くらいずっとその場で微動だにせずです。

こういうのもやっぱり光化学スモッグと一緒で、車の排ガスが引き起こす現象なんでしょうか？

※

排気ガスの所為で、陸橋側の壁は確かにちょっとばかり黒ずんでるね。

まぁ目と鼻の先に環状道路が走っていれば、それはもうしょうがないよ。

それよりも深刻なのは、ゴミの問題なんだよなぁ、ウチの場合。

ウチの敷地内に、ドリンクのペットボトルとか、アイスの袋とか、煙草の空き箱とかね。ほぼ毎日だよ。

ちょっと常軌を逸しているくらいに多くってね。

〈陸橋を走っている車から投げ捨てられてるのか？〉、なんて最初は疑ったりしてたけど、陸橋には遮音用の壁もあるし、距離も側道や歩道を挟むと十メートル弱離れてるしで、どうにも別の要因がある気がするんだよ。

この間なんか、二階の部屋の窓の軒下に、黒いものがぶら下がってたことがあってさぁ。

引きずり降ろしてみると、それ、男性用の上下セットアップの礼服なんだよね。

タキシードやモーニングとかではない、もっとシンプルな……謂わば喪服だね。

〈イチノセ〉って刺繍《ししゅう》でネームが入ってたんで、一応、近所に持ち主がいないか見て回ったんだけれど、結局、持ち主なんて見つからなかったよ。

全く、一体どうしたらそんなのものがウチの屋根に引っかかるのやら。

もう、誰かが嫌がらせで、わざとやっているんじゃ？　と思えちゃうよね。

※

そこの陸橋の下って通ったことあります？

そこの真下って丁度、二本の通りが交差してる地点なんです。

だから、陸橋の側道も合わせると分岐がすごいことになってまして。

当然、信号は時差式で、その所為なのか巻き込み事故とか多いんです。

この前も、自転車に乗ってたおばさんが四トントラックに引っかかって転倒してましたよ。

このレベルの接触事故なら結構な頻度で発生していますね。

※

家から陸橋までは近いです。歩いて四、五分程です。

でも、あの陸橋下の交差点を徒歩で利用する機会は少ないです、私の場合。

最寄りの駅が陸橋の向こう側になるのですが、普段はぐるっと迂回していますので。

理由ですか？　この一帯は、ちょっとした盆地のようになっているんです。

そして、あの陸橋の交差点のある位置が、丁度、盆地の底に当たるんです。

その所為なのでしょう。私にはあの辺りの空気が淀んで感じられて、少し苦手なんです。

あの交差点は車の行き交いは多いのですが、駅から十数分くらい離れた場所でもあるので人の通りは少なめで、その為にどこか荒んだ感じがするのも余り近づきたくない理由なのかもしれません。

うちの息子なんかは、何も気にせずに自転車なんかで毎日のようにすぅーと通り抜けているようですが。

実際に行ってご覧になれば、私の言っていること、きっと理解して下さると思いますよ。

※

陸橋？　ああ、勿論よく知ってるよ。

あの陸橋下の交差点脇にある、あのコンビニ。あそこにはよく立ち寄ってるからよ。あそこのレンジでチンするだけで食える冷凍焼き餃子と、レジ横の唐揚げとで、缶ビールをちびちびやるのが好きなんだよ。

でもあのコンビニ、何か頻繁に店内の明かりがチカチカって……瞬断って言うんだっけか？　まぁ、そんな感じに、店の中が一瞬、真っ暗になるときがあんだよ。

店員は馴れっこなのか全然気にしてる素振りがないし、他の客も全く意に介さず買い物続けてるしで、オレだけが狼狽《うろた》えちゃって周りから変な目で見られることが多くってな、最近。

他所ではあんなふうなことないし、何なんだろな？　ああいうのって。

ま、そんなことが多いから、店員達に裏で厄介なおっさんみたいなレッテル貼られていそうで、ちょっと足を向けるのに躊躇っちゃうときもあるんだけど、結局あそこがアパートから一番近いからさぁ。

※

バイトがあるからいつも帰りは深夜近くになっていますよ。

だから帰りにこの陸橋を潜るのは、大体深夜零時半くらいになるのかな？

そのくらいの時間になると、車も人も殆ど通らないので、寂しい感じなんです。

ただ、偶にね、近所に住んでいるタジマさんというお婆ちゃんと会ったりすることがあるんです。丁度、この辺りで。

僕が小学生くらいの頃、〈ママには内緒にね〉って、駄菓子とかお小遣いとかくれた、昔からよく知っている方なんですけどね。

でもここ数年、認知症気味らしくて、僕のことなんかすっかり忘れてしまったようで、挨拶しても訝しげに睨まれたりするだけのようなことが続いていて。

だから最近は、大抵そのまま無視して横を素通りしていたんですけど、この間、すれ違いざまに僕の腕をがしっと掴んできたことがありまして。

驚いて顔を向けると、にっこりと満面の笑みを浮かべてて。

それで〈ママには内緒にね〉て言いながら、物をくれたんです。萎れかけの一輪のマーガレットと、個装されてる一粒のキャラメルです。

一応受け取りはしたのですが、その組み合わせも謎ですし、何より生理的にちょっと……。

だって、ここのところずっと、ヨレヨレのポロシャツに穴の開いたドカジャン、下はもんぺみたいな毛玉だらけのスエットという、ちょっと見窄らしい出で立ちでしたから。

だから、すぐに近くにあるコンビニのごみ箱に捨ててしまいました。

で、翌朝に、両親にそういえばって感じで、この話をしたんです。

すると、両親は言うんですね。「タジマさんのとこのお婆ちゃんは、つい先日に亡くなっている」って。

全然知りませんでしたよ。

言い訳ではないですが、僕くらいの年頃って親戚とか家の近所同士の付き合いみたいなものって、疎ましく感じがちでしょ？　何よりも大切なのは友達との時間で。だから自然とその辺の情報って、シャットダウンされてしまうんですよ。


怖かったというよりも、すごく反省していますね。

何かとても後味の悪いことになってしまったなぁって。

僕が取ったあの行為で、タジマのお婆ちゃんの中の大切な思い出を無下に踏みにじってしまったのではないのかと。

今でもちゃんと受け取ってあげるべきだったと、本当に悔やんでるんですよ。

……って、こんな関係のない話、長々としてしまい何かすいません。

※

あの陸橋の側道沿いの、内回り側の歩道が特に酷いんだよな。

あちこちに魚肉ソーセージの欠片が転がっていて汚くって。

多分、野良猫にやってるんだろうけど、そんなんだとカラスとかも集まってきちゃうだろ？

あの辺りにカラスが多いのって、単純にあのギョニソの所為だろうな。

え？　……ああ、魚肉ソーセージのことを略してギョニソって言うんだよ。

知らないのかよ？

※

車に轢《ひ》かれたりして、猫が死んでいるところとかは何度か見たことあるけど、あんなふうなのは初めてだよ。というか誰もあんなの見たことないんじゃないの？

えーと、詳しく言うとだね、あの陸橋の下の太いコンクリートの部分……支柱って呼んでいいのかなぁ？　側道沿いの、スプレーで落書きなんかがしてある壁みたいなところあるだろ？　そこだよ。そこに引っ付いてんのよ。白い猫がさぁ。

俺の身長よりちょっと高いくらいの位置に、猫が一匹、そのコンクリートの壁に首から上がめり込んだような格好で、ぶら下がってたことがあんの。

そんなの見かけたら、誰だって近づいて確かめたくなるだろ？

そのときは俺コンビニに向かってたんだけどさ。

自転車で歩道を走ってたんだけど、慌ててブレーキかけたよ。で、車道を越えてその猫に近づいてみたのよ。

間近で見てもやっぱりそれは間違いなく猫で、とっくに死んでるのは明らかなんだけども、どうしたらこんなことになるのかが、不思議でしょうがなくなってさ。

だから、俺、その猫をコンクリートから引き抜いてやろうとしたんだよなぁ。

〈きつくめり込んでいるんだとしたら、かなり手こずりそうだなぁこりゃ〉、なんて覚悟していたんだけどさ。でも、軽く触れただけで、その猫は〈すとん〉て感じに簡単に地面にずり落ちたのよ。

だから、ちょっと驚いちまったよ。

だって二、三キロくらいありそうな身体が、ほんのちょっと触れただけで壁から剥がれ落ちちゃったら、それまでどうやってその体重を支えられていたのか？　って話になるだろ？

で、その落ちた猫と壁をよくよく見てみると、その猫、支柱にめり込んでいた訳ではなかったんだよな。

首から先がちょん切られていて、その切断部分がぴったりと支柱に密着してただけなの。言ってること分かる？　その大きな切断面が……えーと、何だっけ？　あれだよ、あれ。ナメクジみたいなさぁ……。

そう！　蛭《ひる》だ、蛭！

丁度、傷口が蛭の吸盤のような役目を果たしてて、それで〈べたっ〉て壁に引っ付いてたんだよ。

そんなんでどうして壁に引っ付くのか訳分からんけど、実際にそうなってんだから、もうその事実を受け入れるしかないだろ？

ひょっとしたら、何かタネがあって、誰かの悪戯なのかもしれないけど、だとしたら悪趣味過ぎるよなぁ。

そんときは夜中で、人通り少なかったから、何か気味悪かったわぁ。

ああ、そういえば、身体はあれど頭のほうはどこにも見当たらなかったっけか。

※

ドライブレコーダーの調子が、何かおかしくなるんですよ。丁度、あの陸橋を越えようとするタイミングで。

画面がざらついたり、映像ががたがたと尋常じゃないくらいに揺れ出してたり、やたらと白飛びしたり。

事故も多いんですよね？

だとしたら確実にあの辺には、何かヤバい〈磁場〉のようなもんがあると思いますね。

間違いないですよ。

※

確か一時を少し回った辺り、真夜中です。

道路はガラガラで、結構スピード出していました。

深夜にヒップホップ系をガンガンに掛けながらドライブするのが、俺の唯一のストレス発散法ですからね。

でも、そこの陸橋の勾配を上がる直前、一瞬、大音量で響かせてた音楽が止まったんです。

そして、そのタイミングで俺の目の前、車のフロントガラスのすぐ向こう、ボンネットの上に、何かがふわって感じで舞い降りてきたんです。

視界が遮られたので、慌ててブレーキを踏み込みました。後続車がいたら、間違いなく追突されていたでしょうね。

一瞬のことではっきりとは分からなかったのですが、その舞い降りてきたものは俺には人に見えました。

横たわっている状態の男です。

夜間だったからかもしれないですが、何か全体的に黒っぽく見えました。

でも、改めて辺りを見回してみても、何も見当たらないんです。

ボンネットの上なんかも、凹みも傷もなく、何かが落ちてきた痕跡が全くないんですよ。

でも、確実に見ちゃったっていう確信があったから、どうしても気になってしまって。

だから、陸橋を越えた先で車を路肩に寄せて、ドライブレコーダーにその瞬間の様子が映ってないかと思って、再生してみました。

まぁでも、俺が使ってるレコーダーは安い奴で、夜間はノイズが酷くてあんま鮮明じゃないから、大した期待はしてなかったんですけどね。

けど、レコーダーには想像以上にくっきりと映っていましたよ。

やっぱり男なんです。四十代後半か五十代中盤くらいの。白粉を塗りたくってるみたいに真っ白い顔していて。髪の毛が自分で適当に散髪したみたいな感じで、所々が禿げていました。

そんな男がフロントガラスに覆い被さる感じに登場して、その後、急ブレーキの所為か少しざらっと画面が乱れるんですけど、その間に、フッと消え失せるんです。

その男の口元がパクパク開いたり閉じたりしていたんで、何を喋っているのかなぁと思って、六回くらい見直しましたね。

でも、その口元をじーっと見ていると、だんだんと気分が悪くなってきてしまいまして。

恐らく気のせいなんでしょうけど、何か口の動きが再生する度に変化しているように見え始めちゃいましてね。

だから気味が悪くて、もう上書きしてしまってその映像は残っていないですけど、あの男の顔なら今でもはっきりと思い描けますね。

だってその男の顔、滅茶苦しそうだったんですよ。誰かに首でも絞めつけられているのかってくらいの苦悶の表情だったんです。

※

事故が多いことは知っていますよ。

規制でどちらか片方の車線が塞がっていることとか、やたら多いですし。

私の場合はバイクなんですけど、ここ通るとき、かなりの確率でフルフェイスのシールドに何かの飛沫が付着するんです。

ちょっと粘着性があって黒ずんでいるから、まぁ大概は車のマフラーから排出されたオイルなんでしょうけど。

でも、稀にその飛沫が赤いことがあるんです。

赤い飛沫と言えば、血でしょ？

だから事故とか連想しちゃって。何か気味が悪いんですよね。ここ。

あ、あとね……。

これも、この陸橋の上だったと思うんですけど、何かすごく車が渋滞してたときがあったんですよ。

私、普段はすり抜けとかしない主義なんですが、そのときは全然、車の列が進む気配がなくって。

何か自分でも信じられないくらいイライラしてきてしまいまして。それで、車と車の狭い合間を抜けていくことにしたんです。

そうやってのろのろと何台かの車の脇をすり抜け終えたときです。

前方で渋滞にハマっているベンツのBクラスがあったのですが、そのすぐ後方にバイカーが一人いたんです。

黒地に青いラインの入ったライダースーツに、メットは私と同様のフルフェイスという出で立ちで、大型のバイクに跨がっていました。

私の愛馬がカワサキなんですが、そのバイカーも同じカワサキだったので、ちょっと興味が湧きまして。

何なら挨拶でも交わそうかな、という気持ちでそのバイカーの横に並んだんです。

そうしたら、ゾッとしましたよ。

近づいてよく見たら、そのバイカーの被っているフルフェイスに、びっしりと蟻が集っていたんです。

ちょっと赤っぽい奴がうじゃうじゃと蠢いていまして。

頭のてっぺんから顎の先まで、数百匹はいたと思います。

ひょっとしたら身体のほうにも、付着していたのかもしれないですが、何しろヘルメットの状態がすごくて。シールドなんて完全に蟻で覆われていましたから。

あまりにも異様な光景過ぎて、そのまま逃げるように素通りしちゃいました。

でも、そのバイカー、その蟻を気にするどころか何か置物みたいな感じで、微動だにしていなかったんですよね。だからちょっと、現実の光景とは思えない感じがしました。

こういうことを、〈白昼夢を見た〉って、形容するんすかね？

閾値

　田村さんが学生時代に付き合い始めた彼女は、田村さんの部屋のトイレを使用するとき、決まってドアを開けっ放しにして用を足していた。

　聞けば、家でもこれまで、ずっとそうやって用を足してきたそうである。

　他所ではどうしているのかと訊ねると、大学や商業施設のトイレは足元や天井付近に隙間が設けられている場合が殆どなので、完全な密室にはならないからドアを閉めても平気なのだという。

　つまり彼女は、完全なる狭い密室の中に一人きりになることを、極端に嫌っていたのである。

　常に周囲を落ち着きなく見回す癖があり、目の下にクマができていることや、肌荒れが酷いことも多かった。よって神経が過敏な娘であるということは、交際を始める以前より察しが付いていた。

　具体的に何がそんなに嫌なのか？　気にはなったが、田村さんはそんな彼女の繊細な神経を気遣い、余りこの件に深く触れるような真似はしてこなかった。

ただ、開け放たれたドアには毎度ストッパーを嵌めるくらいの徹底ぶりに、これには尋常ではない理由があるのだろうとは、薄らと推し量ることができていたそうだ。

そんな彼女の素行に、次第に慣れつつある頃のことだった。

田村さんの部屋で二人で過ごしているときに、彼女がトイレに入ったタイミングで、NHKの訪問員が訪ねてきたことがあった。

田村さんが当時住んでいたのは、狭い1Kの部屋で、トイレは玄関脇に近い。

玄関へと駆け寄る際に、田村さんは思わずトイレの開け放たれたドアのストッパーを足先で蹴り外し、そのままドアを閉じようとしてしまった。

用を足している彼女を訪問員の目から守ろうという配慮が引き起こした、咄嗟の行動だった。

繰り返しとなるが、このとき、田村さんはトイレのドアを閉じようとしてしまっただけだった。

具体的には、トイレのドアをほんの数センチほど閉じかけたところで、その手を止めたのである。

にも拘わらず、ドアは内側から強い力で引っ張られでもするかのように、ばたんと閉じた。

通常ドアを開閉する際には、空気の抵抗により些かそのスピードが殺されるものだが、ドアは常軌を逸するくらいに素早く閉ざされ――そしてものの一秒と経たないうちに、再び開いた。

開け放たれたドアの内側から、彼女が姿を見せる。

彼女の顔は涙に塗れ憔悴しきっており、衣服は何者かに暴行を受けたかのようにずたぼろになっていた。

――狭いところに閉じ込められるとね、意識が真っ暗な場所に引きずり込まれるの。

以下は、そんな彼女が、謝罪の言葉を述べようとする田村さんを制しながら語り始めた独白となる。

※

これで何度目になるのだろう？

だから用を足すときは恥じらいを捨てて、ドアを開けたままにしておかなければならなかったの。

一度、ドアが閉じれば、どこへ行っても突き当たりというものが存在しない、だだっ広い真っ暗闇を、延々と彷徨い続ける羽目になってしまう。

目が慣れることなど一切期待の持てない真の闇。

そんな闇の中で、自分がなすべきことは把握している。

ドアのノブを探すこと。

ドアのノブを捻り押し開かない限り、この闇の世界から抜け出ることが叶わないと、それまでの経験から理解している。

けれど何も見えない闇の中では、そのドアのノブが一体どこに存在しているのかが、全く見当が付かない。

自身の存在の確認もままならない闇の中で、手探りだけでドアのノブを探し出さなければならない。

歩き回ること、体感でおよそ十数時間。

身も精神もこれ以上ないくらいまでに疲弊し、絶望に気が狂いかけたところで、ただ闇雲に振り回していた腕が、何かに触れた。

身体に衝撃を残すものなどこの暗闇の世界には、どこまでも続く平たい床以外にはドアのノブくらいしか存在しない。

見失わないよう、そのノブをしっかりと両手で握り締める。そして、そのまま力を込めてゆっくりと押し回していく。

少しずつ闇が切り開かれ、痛いくらいのまばゆい光が差し込んでくる。次いであなたの申し訳なさげに立ち竦む姿――。


幼少期の頃はこんなことは起こらなかった。

物心が付いて一人で手洗いを済ませるようになってからの数年間は平気だった。

始まりは中学生に上がってすぐの頃だ。

きっかけなどない。

あまりに唐突にこれは始まった。

それからは狭い密室に閉じ込められる度に、意識が暗闇の中へと引き込まれ続けてきた。

暗闇の世界から、這《ほ》う這《ほ》うの体《てい》で現実に戻ってみれば、現実では殆ど時間が経過していないことが判明した。

身に着けている衣服はいつもぼろぼろに擦り切れている。

時には限りなく裸に近い格好だったり、より酷い場合には、どういう訳か目や耳や鼻から血が漏れ出ていることさえもあった。

それを見た周囲の人間は、一体どうしたの!?　と、皆驚きの表情を浮かべる。

無理もない。現実においては、たったの一秒程も時間は経過していない。それなのにこんな変わり果てた姿になってしまったとすれば、誰もが異常に感じて当然だ。

だがこれらのことなどどうでもいい。

もっと辛いことがある。

真に耐え難いことがある。

何よりも恐ろしかったのは、何も存在しない暗闇の中に何十時間も身を置くことそれ自体だ。

ドアのノブが見つからなければ永遠に闇の中――そんな考えが頭を過ぎる度に、その恐怖に耐え切れなくなり、絶叫を繰り返してきた。

今回は偶々戻ってこられた。

けれども、この次は――。

※

現実においてのたった一秒程の間に、彼女が想像を絶するような地獄を味わってきたのだと、田村さんは理解した。

信じ難い話ではあったが、彼女の疲弊しきった表情とずたぼろの姿を見るに信じざるを得なかったのだという。

また、田村さんは、彼女が頻繁にカウンセリングを受けていることを今回の件をきっかけに知った。

こんな壮絶な体験を繰り返していれば、精神に相当な負荷が掛かっているであろうことは想像に難くなかった。

そんな二人の交際は今現在でも続いているという。

トイレから出た後の彼女は、暫く外れたストッパーに目を落としながら突っ立っていた。

〈何を思っているのだろう?〉

どこか虚ろで精気のようなものが乏しいその瞳からは、全てを投げ出してしまいかねない危うさが見て取れた。

田村さんは、改めて自分がとんでもないことをしでかしてしまったのだと実感した。